3640. S. et arts

S. Martin ~~[illegible]~~.

DISCOVRS
D'VN FIDELE SVIET DV ROY,
TOVCHANT
L'ESTABLISSEMENT
D'VNE COMPAGNIE FRANÇOISE

Pour le Commerce des Indes Orientales:

Adressé à tous les François.

A PARIS.

M. DC. LXIV.

DISCOVRS D'VN FIDELE SVIET DV ROY,

Touchant l'eſtabliſſement d'une Compagnie Françoiſe pour le Commerce des Indes Orientales.

ADRESSÉ A TOVS LES FRANÇOIS.

S'IL eſt de la grandeur d'un Eſtat, que ſes peuples s'appliquent aux exercices militaires, pour reſiſter aux entrepriſes des Eſtrangers ; il n'eſt pas moins de ſon utilité qu'ils s'adonnent au Commerce, pour aller chercher dans les parties du Monde les plus éloignées, ce qui peut contribuer au bonheur ou à l'ornement de leur pays. Et de fait, cette occupation accomplit toute ſeule les deux choſes que les grands

Politiques desirent le plus ; je veux dire, qu'elle retire les hommes de l'Oisiveté, les endurcit à la fatigue, & en mesme temps les comble d'honneur & de biens. Tellement qu'il manque quelque chose à la prosperité d'un grand Royaume, quand le Commerce n'y fleurit pas à l'égal des autres professions, & quand les particuliers par une mollesse dangereuse, negligent la plus noble maniere de s'exercer, & le plus legitime moyen de s'enrichir. Mais, certes, il semble que le Commerce soit de la nature des Arts liberaux, qui demandent le repos de celuy qui les cultive ; Et comme il n'est pas possible que parmi le tumulte d'une vie inquiete l'esprit reçoive ou retienne ces belles habitudes qui le rendent si recommandable quand il les possede : Aussi est-il vray de dire, que le Commerce ne sçauroit estre en vigueur que durant la Paix, qui est à l'égard d'un Estat, ce que le repos d'esprit est à l'égard d'un particulier. Ce n'est guere la saison, au milieu d'une Guerre intestine ou estrangere, quand tous les citoyens sont obligez de songer à la defense de la Patrie, de faire des voyages de long cours, & d'emmener hors du pays ceux qui doivent luy rendre service. En ces malheureuses rencontres l'absence tiendroit lieu de desertion, & le desir d'acquerir qui est honneste en un autre temps, passeroit alors pour une avarice criminelle. Chacun sçait quelle a esté l'agitation de la France depuis cent ans & plus; Quels orages elle a eu à combatre; A quels perils elle a esté exposée. Il n'en faut pas dire davantage, pour ne point rafraischir la memoire des malheurs qu'il faut s'efforcer d'oublier. Il suffira de remarquer, qu'aprés auoir evité les plus dangereux écueils, elle se vit encore au commencement du regne precedent plonger dans une guerre civile, par la revolte de quelques-uns de ses enfans, que la difference de Religion avoit éloignez de l'affection des autres, & avoit soustraits à l'obeïssance du Prince. Cette affaire s'estant terminée glorieusement, & les peuples ayant esté ramenez dans le devoir, sans destruire leur Liberté, ni violenter leur Conscience, elle se trouva obligée de soustenir contre les Estrangers une des plus longues guerres qui ait esté depuis la fondation de la Monarchie. Et bien que la justice de sa cause, la valeur de son Roy, & la sagesse des Conseils dont il s'est servi, l'ayent toûjours renduë victorieuse; neantmoins il est manifeste, que cela ne s'est pû faire qu'avec des soins incroyables, & avec un zele extraordinaire de tous les membres de l'Estat. Et ainsi, il semble qu'on n'a pas dû s'estonner, si les François ayant eu tant d'occupations chez eux-mesmes, n'ont point tourné leurs pensées vers la Navigation & le Trafic; & si nos Voisins, qui cependant s'y sont appliquez avec soin, en ont remporté tant d'honneur, & y ont amassé tant de richesses. Il ne faut point encore trouver estrange, si quelques entreprises de particuliers n'ont pas eu tout le succés qu'ils s'en estoient promis, parce que la plusspart d'entre eux ayant eu d'autres affaires qui leur touchoient de plus prés, durant nos troubles, ont poursuivi ces commencemens avec lenteur, & les ont mesme laissé tomber dans le desordre, par le peu de diligence qu'ils ont faite pour le prevenir. Mais aujourd'huy que Dieu nous a rendu la Tranquillité si desirée, & que la France joüit d'une profonde Paix sous le glorieux gouvernement de son Roy. Aujourd'huy que la sage conduite de ce Prince, & sa ferme application aux affaires, sont les obiets de l'admiration & de la crainte de toute l'Europe, il y auroit un juste sujet d'estonnement, si nostre Nation ne vouloit pas faire quelque effort pour se remettre dans un droit qu'elle ne peut perdre, & pour se procurer à elle-mesme, par l'establissement d'un fameux commerce, les utilitez inestimables que ses Voisins en reçoivent.

Or entre tous les Commerces qui se font dans toutes les parties du Monde, il n'y en a point de plus riche ni de plus considerable, que celuy des Indes Orientales. C'est de ces pays feconds que le Soleil regarde de plus prés que les nostres, qu'on rapporte ce qu'il y a de plus precieux parmi les hommes, & ce qui contribuë le plus soit à la douceur de la Vie, soit à l'Eclat & à la Magnificence. C'eſt de là qu'on tire l'Or & les Pierreries; C'eſt de là que viennent ces marchandiſes ſi renommées & d'un debit ſi aſſeuré, la Soye, la Canelle, le Poivre, le Gingembre, la Muſcade, les toiles de Cotton, la Oüate, la Pourcelaine, les bois qui ſervent à toutes les teintures, l'Ivoire, l'Encens, le Bezoart, & mille autres commoditez, auſquelles les hommes eſtant accouſtumez, il eſt impoſſible qu'ils s'en paſſent. C'eſt deſormais une neceſſité indiſpenſable de faire venir de toutes ces choſes; & je ne voy pas pourquoy nous les voudrions toûjours recevoir de la main d'autruy, & pourquoy nous refuſerions de faire gagner doreſnavant à nos Citoyens, ce que des eſtrangers ont gagné ſur eux juſqu'à preſent. Pourquoy faudroit-il que les Portugais, les Hollandois, les Anglois, les Danois, allaſſent tous les jours dans les Indes Orientales, y poſſedaſſent des magazins & des fortereſſes, & que les François n'y euſſent jamais ni l'un ni l'autre? A quoy donc nous ſerviroit-il d'avoir de ſi bons ports; d'avoir tant de vaiſſeaux; ſi grand nombre de matelots experimentez; tant de vaillans ſoldats? A quoy nous ſerviroit-il de nous vanter d'eſtre ſujets de la premiere Couronne de l'Vnivers, ſi les Sujets de cette premiere Couronne n'avoient pas la hardieſſe de ſe monſtrer dans les lieux où les autres ſe ſont eſtablis avec empire? Il vaudroit preſque mieux n'avoir point tant d'avantages, que de ne s'en pas ſervir, & eſtre arreſté par impuiſſance, que par le defaut de reſolution. Ne ſeroit-ce pas une honte, que nous n'oſaſſions entreprendre avec aſſeurance, ce que d'autres ont entrepris dans le doute ? Que nous n'oſaſſions traverſer des Mers où ils ſe ſont expoſez lors qu'elles eſtoient inconnües ? Avons-nous donc trop peu d'induſtrie pour nous ſervir de leurs inventions, ou trop peu de courage pour ſuivre leur exemple ? Voudrions-nous plus de facilité que celle qui nous eſt acquiſe par leurs travaux ? Voudrions-nous une certitude plus grande de la bonté de l'evenement, que la richeſſe & la gloire dont ils joüiſſent ?

Mais, il le faut avoüer, les Inventeurs des choſes ont une certaine gloire qui ne ſe peut communiquer ; Ils n'en ſçauroient faire part à perſonne ; Ils la poſſedent toute entiere. Les Portugais auront eternellement celle d'avoir découvert ces fameuſes provinces de l'Orient, & leurs Rois meſmes ne dédaignent pas de s'attribuer les premieres penſées de cette entrepriſe. En effet ils diſent que dés l'an 1420 Henry Duc de Viſeo, fils du Roy D. Iean premier, s'eſtant perſuadé par la grande connoiſſance qu'il avoit de l'Aſtronomie & des autres ſciences, qu'il devoit y avoir pluſieurs Iſles dans la mer Oceane où l'on pourroit aller, il envoya quelques vaiſſeaux pour s'en éclaircir, leſquels découvrirent

l'Iſle

l'Isle de Madere, & qu'en suite d'autres firent voile le long des costes d'Afrique, où ils firent de nouvelles découvertes. Toutefois ce dessein qui avoit esté alors entamé si heureusement, fut interrompu par les guerres, tant durant le regne d'Edoüard successeur de Iean premier, que sous celuy d'Alfonse. Mais Iean second successeur d'Alfonse continuant ce que ses predecesseurs avoient commencé, envoya en 1487 un certain Barthelemy Dias pour courir toute la coste d'Afrique; & ce fut luy qui le premier doubla le Cap de bonne Esperance, à qui il donna le nom de Cap des tourmentes, à cause des orages qu'il fait ordinairement en cet endroit. Et ce nom luy seroit peut-estre demeuré, si le Roy mesme n'avoit voulu le changer en un autre de meilleur augure, & qui estoit fondé sur l'esperance qu'il avoit que ce nouveau progrés luy ouvriroit le chemin à la conqueste des Indes Orientales, à laquelle il aspiroit avec beaucoup de passion. Toutefois avant que de hazarder ses vaisseaux dans une mer si vaste, il envoya des hommes par terre jusqu'aux Indes, afin de s'instruire des plus experts Pilotes du pays, de toutes les adresses de cette route. Mais la mort l'ayant surpris sur ces preparatifs, il laissa la consommation de ce grand ouvrage à son successeur Emanuel. Ce Prince donc ayant receu toutes les instructions necessaires, fit partir quatre vaisseaux de Lisbone au mois de Iuillet 1497, ſous la conduite de Vaſco de Gama, qui aprés avoir doublé le Cap de bonne Eſperance, nonobſtant les tempeſtes, & vaincu l'importunité des ſiens, qui demandoient à retourner, arriva heureuſement devant Calicut au mois de May ſuivant ; & aprés avoir eſté deux ans abſent, il vint luy-meſme apporter les nouvelles de ſon heureuſe Navigation, & jetter les fondemens des grandes eſperances que l'on en devoit concevoir. L'année d'aprés le Roy y renvoya quatorze vaiſſeaux ſous la charge de Pedro Alvarez, & continua depuis à y envoyer pluſieurs flottes pour ſe fortifier puiſſamment dans ce pays où il trouvoit tant de richeſſes. Et par ce moyen, il ſe rencontra, qu'au meſme temps que le Roy de Caſtille s'emparoit de toutes les nouvelles terres du coſté de l'Occident, les Portugais faiſoient la meſme choſe du coſté de l'Orient. Et c'eſt ce qui donna lieu à ce fameux partage fait par le Pape Alexandre VI. qui tirant une ligne imaginaire d'un Pole à l'autre, laquelle devoit paſſer à cent lieües des Açores, adjugeoit au Roy de Caſtille tout ce qui eſtoit à l'Occident de cette ligne, ſans toucher aux eſtabliſſemens que les Rois de Portugal avoient déja à l'Orient de la meſme ligne, & qui s'augmenterent infiniment depuis le voyage de Vaſco de Gama. C'eſt ainſi que la conſtante reſolution de ces Princes ſurmonta les difficultez qui les pouvoient effrayer,

& reüssit enfin avec tant de gloire pour eux, & tant de bonheur pour leurs sujets. C'est ainsi que ces nouveaux Argonautes allerent à la conqueste de la veritable Toison d'or. Car enfin, c'est à cette Navigation que les Portugais sont redevables de tous leurs thresors ; C'est par là qu'ils se sont rendus celebres entre tous les Peuples, & qu'ils ont élevé leur nom & leur puissance plus haut ce semble, que ne leur permettoit l'estendüe de leur Royaume, qui n'est qu'une des plus petites & des plus steriles parties de toute l'Europe. C'est ce grand & riche trafic qu'ils ont possedé tout seuls cent ans entiers, qui les a mis en estat de soustenir si hautement ce qu'ils ont entrepris de nos jours ; Et mal-aisément auroient-ils pû resister aux ennemis qui sont à leurs portes, si cette source inépuisable d'or & d'argent, & de marchandises precieuses qu'ils trouvent dans les Indes, ne leur fournissoit abondamment dequoy subvenir aux despenses d'une si longue & si dangereuse guerre.

C'est de cette mesme Navigation & de ce mesme Trafic, que les Hollandois qui s'estoient defendus d'abord contre les Espagnols avec des forces si inégales, ont tiré dequoy se faire craindre d'eux, & dequoy les contraindre à leur accorder une paix glorieuse. C'est depuis ce temps-là que ces peuples qui n'avoient pas seulement les Espagnols pour adversaires, & qui sembloient avoir à combattre la Mer & la Terre dans leur propre pays, ont acquis malgré tant d'obstacles une puissance considerable, & ont commencé à disputer de bonheur & de richesse avec la pluspart de leurs voisins. Cela se peut dire sans rien adiouster à la verité, puisque la Compagnie des Indes Orientales qu'ils ont parmi eux, est le principal soustien de leur Estat, & la plus sensible cause de leur grandeur. Cependant, qui auroit pû croire que l'union de quelques marchands qui s'aviserent de voyager aux Indes en 1595, & qui ne formerent leur grande Compagnie que six ou sept ans aprés, eust pû s'élever à ce haut degré d'opulence où nous sçavons maintenant qu'elle est arrivée ? On sçait les profits que ses interessez ont touché annuellement, & qui ont esté le plus souvent de trente ou trente-cinq pour cent, & quelquefois de davantage. On sçait toutes les despenses qu'il luy a fallu faire en diverses occasions ; Et tout cela déduit, lors qu'en 1661 on fit un estat general des biens de la Compagnie ; lors qu'on eut supputé ce qu'elle pouvoit avoir d'argent comptant ; qu'on eust dressé un inventaire des riches marchandises dont ses magazins regorgent ; qu'on eut estimé à peu prés ce que valent ses vaisseaux, ses canons & ses autres equipages, l'assemblage de toutes ces choses évaluées produisit une somme si excessive, qu'elle surpassoit presque toute sorte de creance. Et neantmoins on ne faisoit point entrer en compte, que cette Compagnie possede encore plus de terre dans les Indes, que les Estats de Hollande n'en possedent dans la basse Allemagne; Et c'est ce qui luy donne le moyen d'entretenir ordinairement quatorze ou quinze mille hommes de guerre pour conserver ses places, outre les matelots & les autres personnes qu'elle employe de tous costez, & qui ne font guere moins de quatre-vingt mille hommes qui subsistent tous par son moyen. Vne si grande richesse, qui est venüe de si petits commencemens, passeroit absolument pour fabuleuse, si nous n'en estions convaincus par nos propres yeux, & par l'experience qui nous fait voir, que maintenant les Hollandois sont les plus pecunieux peuples de l'Europe, & que l'argent est si commun dans leur pays, que les heritages s'y achetent à plus haut prix qu'en pas un lieu du monde. De façon qu'une Terre en fief en Hollande se vend ordinairement au denier soixante, les Terres en roture au denier cinquante, & l'argent s'y preste à trois pour cent, c'est à dire au denier trente-trois; tant il est vray que parmi eux l'argent est à meilleur marché que les autres biens. Ce qui ne leur vient point des pasturages qu'ils font dans leurs marais dessechez, ni de la culture de leurs autres terres qui ne sont pas trop bonnes, mais de leur seul trafic, & principalement de celuy des Indes Orientales.

Les Anglois s'aviserent du mesme dessein presque

en mesme temps, & formerent aussi une Compagnie à Londres pour la navigation des Indes Orientales. Cette Compagnie fit partir quatre vaisseaux dés l'an 1600, & le succés fut tel, qu'en peu de temps on compta jusqu'à vingt flottes qu'elle y avoit envoyées. Le Roy d'Angleterre protegea puissamment ces nouveaux associez, & en 1608 il envoya Guillaume Haukins en qualité de son Ambassadeur vers le grand Mogol, pour les faire joüir de la liberté du Commerce, malgré les obstacles que les Portugais & les Hollandois taschoient d'y apporter. En 1615 il y renvoya encore Thomas Rhoë, & en d'autres années il envoya divers Ambassadeurs aux Rois du Iapon pour le mesme sujet. Et ceux-cy ménagerent si bien l'esprit de ces Barbares, qu'ils en obtinrent tout ce qu'ils desiroient, & que les Hollandois mesmes pour estre bien venus dans le Iapon, disoient qu'ils estoient Anglois. La Compagnie obtint aussi de grands privileges dans les Estats du Roy de Perse en consequence du secours qu'elle luy donna contre les Portugais pour le siege d'Ormuz; Mais il eust esté à souhaiter pour elle, qu'elle eust trouvé autant de fidelité dans l'execution, que de facilité dans les promesses. Quoy qu'il en soit, cette Compagnie s'est rendüe fort puissante dans les Indes, où elle a maintenant divers comptoirs sous deux Directeurs principaux ou Presidens, dont l'un fait sa residence à Surat, & l'autre à Bantam ; & c'est par leur authorité que toutes leurs affaires de ces quartiers-là se conduisent. Ainsi l'industrie & la valeur de ces peuples a establi & maintenu leur Commerce ; Et bien que leurs ennemis ayent fait les derniers efforts pour les destruire, & en soient venus jusqu'à une guerre ouverte & tres-sanglante, ils n'en ont remporté le plus souvent que de la honte, & ne les ont point empeschez de continuer leurs navigations, dont ils n'avoient pas droit de les exclure.

Les Danois ont aussi voulu prendre part à ces voyages celebres, encore qu'ils ne fassent pas un si grand trafic dans les Indes que les autres, & n'y paroissent pas avec des flottes si nombreuses. Mais ils n'ont pas laissé d'y avoir quelque habitation, & d'y envoyer des vaisseaux de temps en temps. Leur negoce se fait d'ordinaire dans le Golfe de Bengale, sur les costes de Pegu, & dans quelques Isles du Sud, où mesme ils sont fort redoutez.

Enfin, le fameux Gustave Adolf Roy de Suede creut qu'il estoit de sa grandeur que ses peuples visitassent aussi les Indes Orientales, & les autres parties du Monde ; Et dans le moment que ce Prince qui rouloit dans son esprit de si vastes pensées, se preparoit pour entrer dans l'Allemagne, & machinoit la ruine de la Maison d'Austriche, il projettoit de faire une Compagnie en Suede pour ces grandes Navigations, & invitoit ses Sujets de s'y intereſſer, comme il paroiſt par ſes lettres patentes données à Stocholm le 14 Iuin 1626. Mais la guerre d'Allemagne qui ſurvint peu aprés, & ſa mort precipitée, ne luy permirent pas de voir l'accompliſſement de ce deſſein, qui a eſté renouvellé depuis.

Aprés cela les François peuvent-ils ſe diſpenſer de ſonger à une entrepriſe qui a paru à tous les Peuples également utile & glorieuſe ? & ſi nos deſordres precedens ont pû ſervir d'excuſe à noſtre negligence ſur ce ſujet, noſtre Tranquillité preſente ne la feroit-elle pas condamner à l'avenir ? Nous aurions tort à la verité d'envier à nos voiſins des richeſſes qu'ils ont acquiſes par des moyens honneſtes & permis à tous les hommes ; mais nous aurions tort de ne vouloir pas embraſſer les meſmes moyens, quand ce ne ſeroit que pour conſerver noſtre bien, qui devient la recompenſe de leurs travaux, tandis que la pluſpart du peuple demeure inutile parmi nous.

Mais, on a de la peine à s'engager dans une entrepriſe nouvelle ; Chacun apprehende de faire la premiere démarche ; On craint toûjours de ne pas rencontrer ce que l'on eſpere. Ces penſées-là ſans doute eſtoient pardonnables aux Portugais, qui voyoient devant eux une Mer immenſe, & qui vouloient paſſer ſous un autre Ciel & ſous d'autres Eſtoilles, ſans connoiſtre la route qu'ils devoient tenir. Cela eſtoit encore pardonnable

aux

aux Hollandois, qui faisoient estat d'aller dans des contrées où leurs plus mortels ennemis estoient les maistres, & où ils avoient plus à craindre les Portugais que les orages ni les Barbares. Mais à present que les premiers nous ont frayé le chemin de ces Terres fortunées, & que les autres nous ont détrompé de la crainte de ceux qui y sont devant nous, il y auroit de l'aveuglement volontaire, à ne pas demeurer d'accord des biens qui nous sont asseurez, & de la facilité avec laquelle nous les pouvons obtenir. Car que la France ne soit plus puissante que pas une autre Nation qui trafique dans les Indes, c'est ce qui ne se conteste pas. Que les François n'ayent aussi plus de commoditez pour ce trafic, c'est ce qui ne se peut encore contester, si on considere que nous possedons déja au delà du Cap de bonne Esperance, la plus grande Isle de toute cette Mer, je veux dire l'Isle de S. Laurens ou de Madagascar, qui n'a pas moins de sept cens lieües de tour, & qui d'ailleurs est dans le climat le plus doux de toutes les Indes. L'air y est si temperé, qu'on y peut estre toûjours vestu des mesmes habits que nous portons au Printemps, & l'experience a fait connoistre à plusieurs, qu'il fait icy des chaleurs plus incommodes que les plus grandes de ce pays-là. La terre y est admirable pour toutes sortes de grains & d'arbres, & ne demande qu'à estre cultivée pour estre merveilleuſe. Il n'eſt point neceſſaire comme aux autres Iſles, d'y apporter des vivres pour y faire ſubſiſter les Colonies, on y trouve de toutes choſes en abondance, & le pays en produit non ſeulement aſſez pour nourrir ſes habitans, mais aſſez encore pour en faire part à d'autres peuples. Les eaux y ſont excellentes, les fruits delicieux, & l'on peut dire ſans exaggeration, qu'il eſt aiſé d'en faire un vray Paradis terreſtre. Elle a outre cela des mines d'or ſi abondantes, que durant les grandes pluyes & ravines d'eaux, les veines d'or ſe deſcouvrent d'elles-meſmes le long des coſtes & ſur les montagnes. Elle eſt peuplée de gens d'humeur aſſez traitable, & que l'on employeroit en toutes ſortes de ſervices, pourveu qu'on les gouvernaſt doucement. Ce ſont des hommes qui ſont humbles, ſouſmis, & qui ne reſſemblent pas aux peuples des Pays & des Iſles plus avancées dans les Indes, qui pour quoy que ce ſoit au monde ne ſe veulent aſſujettir au travail; Au contraire, ceux-cy s'y plaiſent, & prennent plaiſir à voir travailler les Chreſtiens. Le Pays eſt partagé entre pluſieurs petits Rois, qui ſe font la guerre les uns aux autres, & qui par leur diſcorde nous donneroient un moyen facile de nous eſtablir puiſſamment parmi eux. Delà on peut trafiquer ſans peine dans toutes les Indes, à la Chine, au Iapon, & encore plus commodément ſur les coſtes d'Ethiopie, & dans les terres de l'Empereur des Abissins, dont le commerce est presque inconnu ; à Sofola, où sont les mines d'or les plus riches de toute la Terre ; à Quama, à Melinde, dans la Mer rouge, & dans tout le Golfe Persique. En un mot, il n'y a pas de lieu plus propre pour faire un magazin general des marchandises que l'on feroit venir de tous costez pour estre apportées dans l'Europe. Cela n'empescheroit pas pourtant que nous ne pûssions encore nous establir en plusieurs autres endroits, & où il seroit le plus à propos pour le bien de nos affaires ; Et il y a tel lieu qui n'est occupé de personne, & que l'on dira en temps & lieu, dont nous pourrions nous saisir, & où l'on feroit le plus grand commerce qui se soit jamais fait. Il ne tiendra donc qu'à nous de profiter de tant de circonstances favorables, & de ne pas laisser perir entre nos mains de si notables avances. Nous admirons la bonne fortune de nos voisins ; elle le merite ; Mais nous ne devons pas l'admirer oisivement ; Il faut que cette pensée se termine par une emulatiõ honneste, puisque tant de choses nous promettent un succés égal ou plus grand encore. Aussi bien toute la Terre n'est pas connuë ; Il reste de vastes Regions a descouvrir ; Il reste dequoy faire avoüer aux estrangers, que s'ils ont eu le bonheur d'aller devant nous, nous pouvons avoir la gloire d'aller plus loin qu'eux. Mais, comme j'estime qu'il seroit necessaire pour reüſſir dans ce grand deſſein, de former parmi nous une Compagnie pour la Navigation des Indes Orientales à l'exemple des autres peuples, Et qu'il faut donner cet honneur aux Hollandois, que celle qui eſt parmi eux, eſt la plus riche & la mieux entenduë de toutes celles qui s'en ſont jamais meſlées, il eſt bon de conſiderer de quelle maniere cette Compagnie s'eſt formée, & quels ont eſté ſes progrés : afin que chacun juge ſi nous avons lieu de douter de ce que nous devons faire aprés ce qu'ils ont fait.

La guerre des Eſpagnols contre les Hollandois ayant ruiné une partie du commerce de cette Nation, ſans lequel elle auroit eu peine à ſubſiſter, quelques Marchands de Zelande s'aſſocierent entre eux en 1592, pour aller trafiquer dans les Indes Orientales, & particulierement aux lieux où les Portugais n'avoient point d'habitudes. Mais pour eviter les incommoditez que l'on trouve auprés de la Ligne, ils reſolurent de chercher un paſſage vers le Nort, afin d'aller le long des coſtes de la Tartarie & du Cathay, & de là deſcendre dans la Chine & dans les Indes. Mais ce voyage leur ayant mal reüſſi, ils s'aſſocierent en ſuite avec quelques Marchands d'Amſterdam, qui tous enſemble equiperent une petite flotte de quatre Vaiſſeaux, qu'ils envoyerent aux Indes par la route ordinaire, ſous la conduite d'un nommé Corneille Aoutman, qui avoit demeuré long-temps à Lisbone, où il avoit appris des Portugais le secret de cette Navigation; Et ils partirent en 1595, & ne revinrent qu'au bout de deux ans & quatre mois, sans rapporter aucun profit. Cette petite disgrace n'empescha pas qu'en mesme temps il ne se formast une seconde Compagnie dans la mesme ville d'Amsterdam, & ces deux Compagnies s'unirent aussi, & equiperent ensemble une flotte de huit Vaisseaux, qui partit en 1598, pendant qu'une troisiesme Compagnie equipoit en Zelande pour le mesme dessein. En l'année 1599, quelques autres Marchands d'Amsterdam, la plusspart Brabançons, formerent encore une Compagnie separée de toutes les autres, laquelle envoya aussi quatre Vaisseaux aux Indes. En 1600, cette derniere Compagnie equipa de nouveau deux Navires lesquels se joignirent à six autres de la premiere Compagnie, & ces huit Vaisseaux estant partis, les Interessez de ces deux Compagnies, sans attendre leur retour, equiperent 13. Vaisseaux, à sçavoir la premiere Compagnie neuf, & la derniere quatre, & cette flotte partit au mois d'Avril 1601, & son premier voyage luy fut assez utile pour y trouver un fond pour faire un second equipage. Il y eut alors des Marchands de Rotterdam & de Nort-Hollande, qui formerent des Compagnies separées, Et ainsi il y avoit à craindre qu'elles ne se ruin'assent les unes les autres; C'est pourquoy Messieurs les Estats prevoyant les desordres que cette division pourroit produire, les convierent d'unir tous leurs interests ensemble, & d'envoyer des Deputez à la Haye, pour tascher à ne former qu'une seule Compagnie. Tous les Interessez acquiescerent à cette proposition, & ainsi il se forma une Compagnie generale pour la navigation des Indes Orientales, laquelle en obtint l'octroy ou le privilege de Messieurs les Estats, portant defenses à tous les autres habitans de ces Provinces, de trafiquer dans toutes les Indes, depuis le Cap de bonne Esperance jusqu'à l'extremité de la Chine, & ce privilege leur fut accordé pour vingt & un an, à commencer du vingtiesme Mars 1602. Par cet octroy il estoit permis à toutes personnes d'entrer dans la Compagnie pour telle somme d'argent que l'on voudroit, pourveu que l'on se declarast dans cinq mois, aprés lesquels on n'y recevroit plus qui que ce soit. Dans cet espace de temps il s'amassa un fond de six millions six cens mille livres monnoye du pays, qui font sept millions neuf cens vingt mille livres monnoye de France, & personne depuis n'a esté receu de nouveau dans la Compagnie, à moins que d'avoir acheté la part de quelqu'vn des premiers Interessez, ce qu'ils appellent acheter une action. Il fut aussi alors fait plusieurs Reglemens pour maintenir l'ordre, &

conſerver les intereſts de chaque particulier, leſquels furent expliquez dans cét octroy. Cependant, comme il expiroit au mois de Mars 1623, il fut alors continué pour vingt & un an encore, & en 1643, moyennant une gratification de ſeize cens mille livres qui furent donnez à l'Eſtat, il fut renouvellé pour vingt ſept ans, & maintenant on pourſuit la meſme continuation de privilege pour pareil nombre d'années.

Ce premier fond de ſix millions ſix cens mille livres monnoye du pays, fut employé à l'equipage d'une flotte de quatorze Vaiſſeaux, qui partit au mois de Fevrier 1603, & d'une autre de treize qui partit au mois de Decembre de la meſme année. Iuſques-là il n'y avoit point eu de profit pour les Intereſſez durant qu'ils avoient eſté diviſez en Compagnies particulieres, parce que tout ce qu'ils pouvoient gagner, eſtoit toûjours employé à de plus forts équipages. Mais au retour de ces deux flottes, il ſe trouva tant de profit, qu'en 1605 les Intereſſez toucherent quinze pour cent; en 1606 ſoixante & quinze pour cent, de ſorte qu'il ne s'en falloit que dix pour cent, qu'ils ne fuſſent rembourſez de tout leur fond. Cependant la Compagnie ne laiſſoit pas de faire de grands equipages, elle traittoit avec les Rois des Indes, elle y baſtiſſoit des fortereſſes, elle avançoit ſes conqueſtes de tous coſtez; & nonobſtant toutes ces deſpenſes il ſe trouva qu'au mois de May 1613. chacun avoit esté rembourse de son principal, & avoit outre cela cent soixante de profit : c'est à dire par exemple, que celuy qui avoit mis en 1602. quatre mille francs dans le fond de la Compagnie, avoit receu en 1613. dix mille quatre cens livres de profit, & ne laissoit pas d'avoir encore sa part toute entiere au fond de la Compagnie. Et ce profit à si bien augmenté depuis, qu'il y a peu d'années où les Interessez n'ayent touché trente pour cent, ou environ. En 1661. ils tirerent quarante pour cent. L'année 1662 il ne se fit point de distribution, à cause des quatre Navires qui perirent, & dont on n'a point encore eu de nouvelles, & de plus à cause des despenses extraordinaires qu'il fallut faire pour le siege de Cochin. Mais en 1663. ils ont receu trente pour cent.

La Compagnie de dix ans en dix ans fait un inventaire general de tous ses effets, & par celuy qui fut fait en 1661. Elle se trouva en possession de ces richesses immenses que nous avons dites.

Cette Compagnie n'a pas seulement enrichi les particuliers, mais les avantages que le Corps de la Republique en a retirez & en retire continuellement, ne se peuvent presque estimer. Premierement, toutes les Marchandises qu'elle amene des Indes dans les ports des Estats, payent des droits qui sont tres-grands, & qui montent pour le moins à sept pour cent ; dautant que toutes ces

Marchandiſes, avant que d'eſtre apportées en France, ſont deſchargées en Hollande, & avant que de revenir à nous, elles ont payé en Hollande les droits d'entrée & de ſortie, qui montent à ſix pour cent, & encore un pour cent pour les droits du convoy, qui ſont ſept pour cent, qui demeurent purement au proffit de la Republique; Ce qui n'empeſche pas qu'il ne couſte encore, deux pour cent pour la facture, avec les frais de la charge & du fret. Tellement que c'eſt au moins douze pour cent que les Marchandiſes des Indes nous couſtent plus qu'elles ne feroient, ſi nous les allions querir nous meſmes. D'où il s'enſuit que nos Negocians, en prenant le meſme profit ſur ces Marchandiſes que fait la Compagnie de Hollande, ils ne laiſſeroient pas de nous pouvoir faire douze pour cent de meilleur marché que les autres, parce que ces Marchandiſes viendroient chez nous en droiture, & n'auroient point payé les droits qu'elles payent pour avoir paſſé en Hollande, ce qui enleve tous les ans de grandes ſommes d'argent de la France, où il ſe conſume plus du tiers de tout ce que les Hollandois rapportent des Indes.

Le ſecond avantage que les Eſtats retirent de cette Compagnie, eſt, qu'à tous les renouvellemens d'octroy elle fait un preſent conſiderable, & la derniere fois, comme nous avons dit, elle donna ſeize cens mille livres. En troiſieſme lieu, elle fait subsister plus de quatre-vingt mille hommes, la pluspart desquels sans cela seroient à charge à l'Estat. La derniere & la plus importante consideration, c'est, que cette Compagnie en affoiblissant le Commerce des Portugais qui ont esté long temps sous l'obeïssance du Roy Catholique, a affoibli la Monarchie Espagnole, dont elle avoit tout à craindre, & s'est par ce moyen preparé le chemin à la paix.

Il s'equipe tous les ans pour ce voyage douze grands vaisseaux du port depuis huit cens tonneaux iusqu'à quatorze cens, lesquels partent en diverses saisons, & il en revient autant ou environ chaque année precisément à la fin de Iuin, au devant desquels la Compagnie & les Estats envoyent dés le mois de May plusieurs vaisseaux de guerre tant pour les escorter, & les defendre des entreprises de leurs ennemis, que pour leur porter des rafraischissemens, & faire entrer des gens frais dans ces vaisseaux qui retournent, selon le besoin qu'ils en ont. Au reste la principale place de cette Compagnie dans les Indes s'appelle Batavia. C'est une ville qu'ils ont bastie dans l'Isle de Iava Major prés de Sumatra. Là sont leurs magazins, & là ils font l'amas de toutes les choses qu'ils rapportent en Europe, & qu'ils tirent de tous les divers pays des Indes, du Iapon, de la Chine, & des autres Royaumes. Ils possedent aussi Colombo dans l'Isle de Zeylan, ayant depuis peu conquis cette ville sur les Portugais, & c'est dans cette Isle qu'on trouve la Canelle, qui se debite en suite par tout le monde. Enfin, ils ont encore plusieurs autres Places depuis le Golfe de Perse, iusqu'à l'extremité de la Chine, & il y a long temps que l'on leur comptoit trente-sept magazins dans les Indes, & vingt forteresses considerables.

Pour se rendre encore le Commerce plus libre ils entretiennent des agens auprés des Rois de tous ces quartiers là, comme auprés du Roy de Perse, du grand Mogol, des Rois de la Chine, du Iapon, de la Cochinchine, & plusieurs autres. Voilà iusqu'à quel point de grandeur cette Compagnie est parvenuë, & comment la societé de quelques marchands assez mediocres en biens & en toutes choses, a heureusement surpassé leurs esperances, & les a menez plus loin qu'ils ne pretendoient aller.

Mais il n'y a rien qu'une Compagnie de cette nature ne puisse obtenir, par vne fidele union, par une adroite conduite, par un courage inesbranlable. Cette verité estant si claire, & les mesmes avantages nous estant offerts, pouvons-nous nous empescher de nous en prevaloir, à moins que d'avoüer que nous-mesmes nous croyons manquer, ou d'union, ou d'adresse, ou de courage? Que ce reproche tombe sur le courage, cela n'est pas à craindre. Sur l'adresse, cela seroit faux; Car pour ne parler maintenant que de la Navigation, il est certain que nous avons les meilleurs hommes de mer qu'on puisse desirer, & les Hollandois mesmes se seruent le plus souvent de François sur leurs vaisseaux, & s'en trouvent mieux que de leur gens propres. Sur l'union; Oüy sans doute, c'est cela, il ne le faut pas dissimuler, c'est ce qui nous manque, & c'est un defaut de nostre Nation, qui merite le plus que nous prenions soin de l'en corriger. Et de vray, quelle honte que nos François qui sont les peuples du monde les plus polis; chez qui la Valeur, la Magnificence, la Bonté naturelle, la Civilité, la Doctrine, les beaux Arts, semblent avoir choisi leur principale demeure; Que ces peuples, dis-je, ayent tant de peine à se souffrir les uns les autres, que leur union soit si difficile, leurs societez si inconstantes, & que les meilleures affaires perissent entre leurs mains, par je ne sçay quelle fatalité de cette nature, sans laquelle il seroit presque impossible de leur resister? Quand les Hollandois commencerent leur Compagnie, il se trouva des gens de mediocre condition, qui vendirent jusqu'à leurs meubles; pour contribuer à l'acheuement du fond necessaire, parce qu'ils croyoient qu'il en devoit revenir beaucoup de gloire & d'utilité à leur Patrie; Et les François qui ont tant d'excellentes qualitez, n'auroient point de zele maintenant pour l'honneur & pour le bien de leur pays ; Ie m'asseure que cela n'arriuera pas ; & puisque nous voicy dans ce siecle merveilleux qui doit apporter du remede à tous nos maux, & rendre toutes choses nouvelles, il faut effacer jusques aux moindres vestiges de cette ancienne tache, & faire voir desormais par une constante liaison entre nous, & par un veritable amour du bien public, que nostre grand & incomparable Monarque a perfectionné son peuple, & luy a inspiré une vertu qu'il n'avoit pas encore. Que faut-il donc faire, me demandera-t-on ? Il faut en premier lieu, comme nous avons déja dit, former une Compagnie ou Societé de plusieurs personnes, qui contribuëront unanimement à l'execution de nostre Entreprise, & qu'on pourra appeller pour cette raison la Compagnie Françoise pour le Commerce des Indes Orientales. Il faut en suite equiper une Flotte, & aller descendre droit dans nostre Isle de Madagascar, où nous ne trouverons aucune resistance, & commencer à y faire un grand establissement, qui sera soustenu par de fortes Colonies que l'on continuera d'y envoyer. Il faut faire estat de n'y mener que des hommes de courage & de bonnes mœurs, & non point des criminels rachetez du gibet ou des galeres, ni des femmes persecutées pour leur desbauche. Vne partie de ces gens s'occupera à cultiver la terre, qui sera d'un tres-grand rapport, tandis que les autres se rendront maistres des principaux Postes du pays, & s'asseureront des Ports, parmi lesquels il y en a plusieurs qui peuvent facilement contenir deux ou trois cens vaisseaux; qui y seront à l'abry de tout vent. Et ce sera là comme les preliminaires de nostre grand Commerce. Ie sçay bien que quelques-uns jugeant legerement de cette proposition, s'en dégousteront d'abord, & diront que les François ont esté desja à Madagascar sans y rien faire, & que le sieur Flacourt qui a esté Directeur de la Compagnie qui s'estoit faite alors, le donne assez à connoistre par la relation qu'il en a publiée. Quoy donc, est-ce la premiere fois qu'une chose qui a manqué dans vn temps, n'a pas laissé de reüssir dans vn autre? L'Histoire n'est-elle pas pleine de grandes entreprises qui n'ont esté achevées qu'aprés plus d'vne tentative? Les premiers Espagnols qui demeurerent dans les Isles de l'Amerique, y furent tous tuez, & ce malheur n'empescha pas qu'on n'y en remenast dautres. Les Anglois ont veu ruiner quatre ou cinq fois leurs Colonies dans la Virginie, & cela ne les en a pas chassez. Et pour nous servir encore de l'exemple des Hollandois, le premier pas qu'ils firent pour ce voyage des Indes, dont ils cherchoient vne route nouvelle, leur reüssit tres-malheureusement. La seconde fois ils y furent, mais ils en revinrent sans profit. Se rebuterentils de cela ? Nullement ; Ils y retournerent, une troisiesme, une quatriesme fois, & recueillirent enfin avec usure les fruits de leur perseverance. Mais il y a quelque chose de plus à dire en cette occasion, il faut que tout le monde sçache, qu'il y a bien de la difference entre l'affaire où le Sieur Flacourt a esté meslé, & celle dont il est question. Il y a bien de la difference entre une Compagnie formée par quelques particuliers en petit nombre, & qui n'avoient pas fourni tout le fond necessaire pour l'accomplissement d'un si grand dessein, & la Compagnie que l'on pretend faire maintenant. Car aprés tout, il y a lieu d'esperer, que le Roy qui a tant d'affection & de tendresse pour ses Sujets, considerant les notables utilitez que cette entreprise apportera à ses Estats, l'appuyera puissamment, & y entrera mesme pour une part considerable. Et ainsi, il n'y a point de consequence à tirer de ce qui s'est passé du temps du Sieur Flacourt, à ce qu'on desire faire maintenant. Cependant le mauvais estat où il s'estoit trouvé alors, par l'abandonnement des interessez de sa Compagnie, n'a pas empesché qu'il n'ait tousiours dit, & qu'il ne l'ait mesme declaré publiquement par un escrit fait exprés, & imprimé au bout de sa relation, que si on faisoit un establissement considerable dans Madagascar, qu'on le commençast avec vigueur, qu'on le poursuivist avec soin, il nous en reviendroit une vtilité inconcevable, attendu la bonté & la fertilité du pays, l'humeur facile & laborieuse des habitans, & la situation avantageuse de cette Isle pour le commerce. Et cela nous est confirmé par tant de tesmoins de toutes Nations qui en sont fraischement revenus, Flamands, François, Hollandois, Anglois; que c'est apporter une resistance opiniastre à la verité, que de n'en pas demeurer d'accord. Et toutesfois, le sieur Flacourt ne souhaitoit autre chose pour bien reüssir, sinon que tous les ans on fist partir de France un grand Navire pour envoyer à Madagascar; Que devons-nous donc esperer, nous qui parlons d'y en envoyer tout d'un coup quatorze ou quinze? Il souhaittoit qu'on y fist passer cinq cens hommes; Nous parlons d'y en mener cinq ou six mille. Il n'osoit presque proposer la despence d'un equipage de cent cinquante mille livres; Nous songeons à l'employ de plusieurs millions. En un mot, il ne raisonnoit que sur le pied d'vne Compagnie de particuliers; Nous parlons d'en faire une, dans laquelle il y a lieu d'esperer que le Roy mesme voudra bien entrer, & y donner par sa participation royale un certain caractere que nul autre ne luy peut donner. Ce qui fait voir que nous avons bien d'autres pensées que luy, & que nous serons en estat d'eslever nos affaires jusqu'à vn point de grandeur qu'il n'auroit pas osé seulement imaginer. Quoy qu'il en soit, on peut dire de l'Isle de

Madagascar,

Madagaſcar , que pour peu que nous prenions ſoin de nous y fortifier, nous aurons non ſeulement une place, mais pluſieurs, qui ſeront d'un prix ineſtimable , & qui vaudront mieux que tout ce que poſſedent les Hollandois dans les Indes, ſoit qu'on regarde les lieux en eux-meſmes, ſoit qu'on les conſidere pour la facilité du trafic. En effet, on ne peut pas nier que cette habitation ne fuſt incomparablement plus commode, & plus ſeure, que celle de Batavia dans l'Iſle de Iava, où les Hollandois ont eſtabli leur principale reſidence. Plus commode, parce que Madagaſcar eſt tres-agreable, dans un climat fort doux, & a de tout ce qui eſt neceſſaire à la vie. Au contraire, autour de Batavia il ne ſe recueille preſque rien, & il faut que la Compagnie y faſſe venir de loin du ris, de la viande, & autres vivres neceſſaires pour vingt-cinq ou trente mille perſonnes , ce qui ne ſe peut faire qu'avec de grands embarras & de grands frais. Plus ſeure, parce que l'Iſle de Iava eſt peuplée de Nations brutales, vaillantes & aguerries, qui ne ſouffrent rien, & qui faiſant profeſſion de la Loy Mahometane, haïſſent & mépriſent les Chreſtiens. D'un coſté les Hollandois confinent avec le Roy de Mataran, qui les eſt venu parfois aſſieger avec cent mille hommes. D'autre coſté ils ont pour voiſins ceux de Bantam, qui ne ſont éloignez de Batavia que de douze lieuës, & qui ont ſouvent fait la meſme chose que le Roy de Mataran. Au contraire, tous les habitans de Madagascar sont bonaces, & font paroistre beaucoup de disposition à recevoir l'Evangile ; tellement que l'on se peut tenir plus asseuré avec cent hommes dans Madagascar, qu'avec mille & davantage dans Iava. Mais ce n'est pas tout, & si nostre habitation estoit plus seure & plus agreable que celle des Hollandois, on peut dire encore que le trafic s'y exerceroit avec beaucoup moins de peine. Car il faut se representer une autre incommodité qu'éprouvent les Hollandois pour avoir fait leur magazin general à Batavia ; car comme cette place est extremement avancée dans les Indes, & trop mesme, il arrive de là que leurs navigations en sont plus longues, plus perilleuses, & qu'ils font beaucoup de chemin inutile. Et de fait, quand ils sont arrivez à la veuë de Madagascar, ils ont encore plus d'un tiers du chemin à faire, avant que de se rendre à Batavia. Cependant quand ils y sont, il faut qu'ils reviennent sur leurs pas, & auec les mesmes vents qui les rameneroient en Europe, afin d'aller trafiquer dans le golfe de Bengale, sur les costes de Coromandel & des Malabares; à Zeylan, à Surat, dans le Sein Persique, & sur les costes d'Æthiopie. Puis il faut qu'ils retournent porter leurs marchandises à Batavia, où il font leurs cargaisons pour la Hollande. Si bien que la situation de cette place eſt cauſe qu'ils font deux ou trois fois un meſme chemin, au lieu que nous n'aurions point cette peine en faiſant noſtre principal magazin à l'Iſle de Madagaſcar ; puiſque eſtant là, quelque part que nous voulions aller, ſoit que nous trafiquions du coſté de la Mer rouge, ſoit que nous entrions dans le golfe de Bengale, ſoit que nous paſſions vers la Chine & le Iapon, & dans les Iſles les plus reculées, nous ne ferons point de chemin mal à propos. Quand nous aurons fait nos achapts en tous ces lieux, & que nous rapporterons nos marchandiſes à Madagaſcar, nous n'aurons pas fait vne heure de chemin qui ne nous rapproche de noſtre pays ; Il n'y aura que le mauvais temps qui nous puiſſe retarder, & nous ne pourrons pas imputer la longueur de noſtre voyage à des deſtours inutiles. Adjouſtez encore, qu'en venant à Madagaſcar, ce ſera vn entrepos admirable, où nos gens ſe pourront rafraiſchir ſi long-temps qu'il leur plaira, & reprendre de nouvelles forces pour achever leur voyage ; Au lieu que les Hollandois, aprés eſtre partis de Batavia, ne joüiſſent point d'un pareil ſoulagement dans toute la route, ce qui eſt cauſe qu'aprés cette navigation qui dure ordinairement ſept mois, ils ſont ſi fatiguez, qu'il leur faut beaucoup de temps pour ſe remettre. Et pour dernier inconvenient, dont nous ſerons encore exempts, lors qu'ils ſont arrivez dans nos mers, comme ils n'oſeroient paſſer par la Manche , à cauſe des differents qu'ils ont ſur le fait des meſmes Indes avec les Anglois, ils ſont obligez de continuer leur route vers le Nort, & de paſſer au deſſus de l'Irlande & de l'Eſcoſſe,pour revenir tomber dansleur pays par laMer Germanique, ce qui augmente leur voyage de quatre ou cinq cens lieuës , & eſt cauſe que la Compagnie, outre les gages ordinaires des Matelots & des Officiers, leur donne à chacun trois mois de ſolde d'augmentation. Tellement qu'on peut dire avec verité, qu'aprés avoir eſſuyé toutes les chaleurs de la Zone torride, ils ſont contraints de venir combattre contre le froid du Nort , avant que de ſe pouvoir rendre chez eux. Et comme ce ſont autant de retardemens à leur navigation , qui la rendent plus perilleuſe & d'une plus grande deſpenſe, il ne faut pas douter que la Compagnie ne faſſe ſon compte là-deſſus, & qu'elle n'en mette ſes marchandiſes à plus haut prix. Quoy qu'il en ſoit, il paroiſt maintenant que ce que i'ay avancé eſt tres-vray, ie veux dire, que la demeure de Madagaſcar eſt preferable en tout , à celle que nos voiſins ont dans l'Iſle de Iava , & par conſequent que nous ne la devons point negliger. Enfin (s'il faut nous alleguer nous-meſmes) nos François ne font point de difficulté de s'aller habituer dans les Iſles de l'Amerique , comme dans S. Christophle, dans la Martinique, dans la Gardeloupe, & autres, où ils sont plus de trente mille personnes, & cependant ce sont des lieux où ils ne sçauroient subsister sans secours, & où il faut que les Hollandois & les Anglois, avec qui ils trafiquent, leur portent du pain, du vin, de la viande, & leur amenent des Esclaves pour cultiver leurs terres, sans quoy ils n'y pourroient passer deux années de suite, que la faim & mille autres miseres ne les contraignissent d'en sortir. C'est ce qui est cause que l'Angleterre & la Hollande enlevent tout leur Sucre, leur Tabac, leur Indigo, & nous les viennent revendre bien cher, de façon que la France ne ressent en verité aucune douceur de leur travail. Cela estant donc, pourrions nous donner de plus claires marques d'une entiere preoccupation, que d'envoyer des Colonies en des pays où il y a quelques incommoditez à souffrir, & d'avoir du dégoust pour une Isle tres-grande & tres-abondante; où l'on trouve tout à souhait; où l'on peut establir un si grand Commerce? Et cela, parce que le Sieur Flacourt n'y a pas esté heureux; parce que cent ou six-vingt hommes y ont mal reüssi par la faute mesme de leur Compagnie; Sans considerer que celle-cy est d'une qualité toute differente, & que c'est une entreprise digne du grand Monarque, qui aura la bonté de s'y ioindre. On me demandera sans doute, si ie suis avoüé pour le dire si hardiment. Ie ne me vanteray point d'un pouvoir que je n'ay pas; Mais je puis dire, qu'il n'est point à croire qu'vn Prince aussi accompli que le nostre, refusast son secours à ses peuples dans vne occasion si importante, & leur monstrast moins d'affection, que les Roys d'Angleterre n'en ont tesmoigné à leurs sujets. On peut dire mesme, que ce que tous les jours il fait, nous respond du contraire; Et quand on considerera que sa Majesté depuis l'année 1658. a diminué les tailles de son Royaume de vingt millions par an; Que depuis peu de temps il a encore rabaissé le prix du sel; Que durant la sterilité de l'année 1661 qui nous menaçoit d'une famine inevitable, il eut la bonté de faire venir à ses despens une quantité prodigieuse de bleds, qui furent distribuez par toutes les Villes, & particulieremēt dans Paris, où l'abondance du peuple rendoit le mal plus dangereux; Quand, dis-je, on se representera toutes ces choses que nous avons veües, & que nous avons touchées, on n'aura pas de peine à croire qu'il se resolve de contribuer à l'avancement de nostre Compagnie en toutes manieres. Il suffit qu'il soit persuadé que l'establissement de ce grand & noble Commerce, ouvrant desormais vn moyen honneste & infaillible à tous les François pour acquerir du bien, bannira insensiblement ces autres moyens infames qui n'ont esté que trop en vogue de nos jours. Que cette abondance heureuſe pourra ramener la bonne foy dans les affaires, & décrediter les artifices de la chicane, que l'avidité inſatiable des gens oiſifs a fait monter au dernier comble d'iniquité. Que ce ſera une occaſion aſſeurée pour occuper pluſieurs perſonnes qui languiſſent ſans employ, & de qui l'induſtrie ne paroiſt pas, faute d'eſtre exercée. Enfin, que ce ſera un remede indubitable pour faire ſubſiſter un nombre infini de pauvres qui s'abandonnent à une mendicité honteuſe, ou qui cherchent à s'en exempter par des violences criminelles. Ainſi, comme c'eſt une affaire où il entre autant de l'intereſt & de l'honneur de l'Eſtat, qu'il y va du profit des particuliers, il ne faut pas douter que le Roy ne la prenne à cœur, & qu'il ne haſte par ſes faveurs l'accompliſſement d'un deſſein ſi glorieux & ſi profitable.

Pour y parvenir donc, il faut faire un fond de ſix millions, qui ſeront employez à l'equipage de douze ou quatorze grands Vaiſſeaux, du port depuis huit cens tonneaux juſqu'à quatorze cens, afin de paſſer un tres-grand nombre de perſonnes dans noſtre Iſle de Madagaſcar, pour en prendre poſſeſſion de la bonne ſorte.

Sa Majeſté pourra eſtre tres-humblement ſuppliée d'y entrer pour vn dixieſme, & je ne doute point qu'elle ne le faſſe tres-volontiers.

Ie ſuis de plus aſſeuré, que divers grands Seigneurs du Royaume y entrerõt pour des ſommes considerables, au cas que les Marchands qui s'uniront d'abord pour cette Compagnie, l'estiment avantageux; Et je tiens en ce cas, que l'on peut esperer d'eux prés de trois millions, ce qui formera la moitié du fond necessaire, & qu'il ne reste plus qu'à trouver l'autre. Et c'est pour ce reste que j'exhorte tous les Marchands, Bourgeois des Villes, & principallement ceux qui aiment l'honneur de leur Patrie, & qui cherchent à augmenter leur fortune par de belles voyes, d'y songer serieusement, & de donner des marques publiques de leur zele, dont ils recevront à l'avenir une ample recompense.

Pour leur donner plus de courage, j'ay sujet de croire avec grand fondement, qu'on pourra obtenir de sa Maiesté qu'apres s'estre engagée du dixiesme dans le premier armement, elle en fournira davantage, s'il est besoin, pour le second, le troisiesme & le quatriesme.

On pourra aussi supplier sa Maiesté de remettre à la Compagnie, la moitié des droits d'entrée & doüanes dans toute l'estendüe de son Royaume, pour toutes les marchandises qui se rapporteront des Indes.

Enfin, sur ce que i'ay pensé que le Roy voudroit faire paroistre en cette rencontre (comme il fait en toutes les autres) qu'il est veritablement le Pere de son Peuple, i'ay conceu ie ne sçay quelle esperance, que sa Maiesté nous accorderoit

volontiers

volontiers de porter ſur ſa part toute la perte qui ſe pourroit faire dans les huit ou dix premieres années ; Et ce ſera par ce grand engagement que chacun verra ſi le Roy affectionne veritablement cette affaire, & ſi la penſée que j'en ay euë, n'eſt que la viſion d'un homme qui reſve tout éveillé.

Les Particuliers pourront s'intereſſer dans la Compagnie pour telle ſomme qu'ils voudront, juſqu'à ce que le fond ſoit complet, aprés quoy on n'y recevra plus perſonne. Et pour achever pluſtoſt ce fond, le Roy ſera ſupplié de permettre, que les Eſtrangers qui deſireront entrer dans la Compagnie, le puiſſent faire pour telle ſomme qu'il leur plaira, comme les François meſmes. Qu'en ce faiſant, ils acquerront le droit de naturalité, ſans qu'ils ayent beſoin d'autres lettres, pourveu qu'ils ſoient intereſſez au deſſus de dix mille liures, au moyen dequoy leurs parens encore qu'Eſtrangers, pourront heriter d'eux. Et afin de pourvoir à leur plus grande ſeureté, il faudra ſupplier ſa Majeſté de leur accorder, qu'en cas qu'il arrivaſt une rupture entre cette Couronne & les Eſtats dont ces Eſtrangers ſeroient ſujets, que leurs effets ne pourroient eſtre ſaiſis ni confiſquez en conſequence de la guerre.

La Compagnie aura ſes Directeurs ; & afin d'oſter le ſoubçon aux Negocians d'eſtre opprimez par les autres intereſſez, ces Directeurs ſeront pris du Corps des Marchands ſeuls, & tout le fond ſera mis entre les mains d'un homme nommé de leur part. Afin auſſi d'inviter plus favorablement les Eſtrangers, & leur teſmoigner la confiance qu'on aura en eux, ils ſeront advertis qu'ils pourront eſtre du nombre des Chefs & Directeurs de la Compagnie, pourveu qu'ils y ayent un intereſt notable, & qu'ils ſe viennent habituer en France avec leurs familles.

Le Roy ſera encore ſupplié d'accorder que les cauſes de la Compagnie, tant en demandant qu'en defendant, ſoient portées en premiere inſtance dans la Iuſtice Conſulaire la plus prochaine, & par appel au Parlement.

Enfin tous les particuliers qui s'aviſeront de quelque choſe pour l'avantage de la Compagnie, ou pour la ſeureté des intereſſez, ſeront bien venus à donner leurs avis, qui ſeront eſcoutez favorablement, & ſuivis en ce qui ſera de plus expedient. Voila ce que j'ay medité ſur ce ſujet, & ce qui n'a pas déplû à tous ceux à qui je l'ay communiqué.

Mais la Crainte, & la Deffiance, ces deux paſſions laſches & qui gelent le cœur, pourront peut-eſtre arreſter & refroidir quelques perſonnes par de certains raiſonnemens mal fondez & qu'il eſt bon de ne pas diſſimuler, afin de détromper ceux qui s'y laiſſeroient ſurprendre.

Le premier eſt tiré de l'incertitude ordinaire

des evenemens, qui eſt le grand lieu commun des timides. Car on dira, Qu'il n'eſt pas fort aſſeuré que cette nouvelle Navigation que nous voulons eſtablir, ait vn ſuccés auſſi heureux que nous le preſuppoſons. Que nos voiſins eſtant desja en poſſeſſion du commerce des Indes Orientales où ils ſont puiſſamment eſtablis, & les autres Peuples eſtant auſſi accouſtumez à trafiquer avec eux pour tout ce qui vient de là, il eſt bien mal-aiſé de les faire revenir à nous. Qu'enfin ayant de grands Magazins, ils commanderont peut-eſtre à leurs facteurs de donner leurs marchandiſes pour un temps à plus bas prix que nous ne pourrions faire, afin de nous reduire, ou à tout quitter, ou à vendre à noſtre perte. A cela il eſt facile de reſpondre ſuivant les chefs de cette objection. Quant au premier, j'eſtime qu'il n'entrera jamais dans l'eſprit d'un homme de courage; Car ſi nos voiſins ont reüſſi dans cette Navigation, au delà meſme de leur eſperance, je ne trouve pas qu'il ſoit raiſonnable de demander ſi nous y reüſſirons, & c'eſt une fauſſe Prudence que d'en douter. Elle a preſque tousjours eſté trompée, cette mauvaiſe Prudence, qui veut plus de certitude qu'on n'en doit deſirer; Qui ne ſe contente pas d'une vray-ſemblance authoriſée; Qui voudroit tenir ce qui n'eſt pas encore. C'eſt elle qui fit rejetter les propoſitions du fameux

Chriſtophle Colomb à la pluſpart des Princes Chreſtiens, qui ſans doute ſe trouverent bien ſurpris quand ils en virent l'effet admirable. Les Genois furent les premiers qui les rebuterent. Il en parla inutilement au Roy de Portugal; Il fit ſolliciter vainement le Roy d'Angleterre & le Roy de France meſme, à ce que quelques-vns diſent, & il ne luy auroit de rien ſervi d'avoir eu de favorables audiances de Ferdinand & d'Iſabelle, ſi un particulier n'avoit fait les frais de ſon premier armement, & n'avoit avancé les ſeize mille ducats d'or qui y furent employez. Ainſi l'Eſpagne doit la deſcouverte du Perou à trois particuliers qui s'aſſocierent pour ce deſſein, dont on eut au commencement ſi mauvaiſe opinion, qu'on en parla comme d'vne folie, juſqu'à ce que l'evenement euſt fait voir qu'il ne ſe pouvoit rien faire de plus ſage. Cependant cette defiance avoit alors quelque fondement raiſonnable. La choſe eſtoit veritablement en doute; Mais aujourdhuy, le gain eſt certain; Le profit indubitable; Le bonheur de ceux qui nous ont devancé reſpond de celuy qui nous attend; En un mot, noſtre deſſein ne ſçauroit manquer que par noſtre faute, & dire que l'execution n'en ſoit pas pleinement dans nos mains, c'eſt ſe faire deshonneur, & commetre vn menſonge tout enſemble. Quand au ſecond point de l'objection qui regarde le debit de nos marchandiſes, c'eſt encore une crainte vaine. Car premierement, la Compagnie ſe peut aſſeurer du debit de toute la France, puiſqu'elle pourra donner ſes marchandiſes à dix & douze pour cent meilleur marché que les Hollandois, ſuivant ce qui a eſté cy-deſſus prouvé. Ce qui n'eſt pas ſi peu de choſe que l'on ſe le pourroit imaginer, puiſque dans la France ſeule il ſe conſume un tiers & davantage de tout ce qui ſe rapporte des Indes. Mais outre cela, je ne ſçay pourquoy l'on ſe figure que les Eſtrangers n'aimeront pas auſſi-toſt acheter de nous que de nos voiſins, veu que la commodité eſt bien plus grande pour eux, parce que la France eſt au cœur de toute l'Europe, & qu'il eſt aiſé d'y arriver de tous coſtez. Ie diray plus, comme les Eſtrangers ſont obligez desja de nous venir chercher pour quatre choſes principales que nous avons en excellence, & qu'un Italien de grand nom appelle les quatre pierres d'Aimant, qui attirent en France les autres Nations, ſçavoir les Bleds, les Vins, le Sel, le Chanvre; Il n'y a point de difficulté que tous ceux qui viendront trafiquer auec nous pour ces choſes, ſeront bien aiſes tout d'vn temps de prendre de nos marchandiſes des Indes, s'ils en ont beſoin, puiſque c'eſt vne commodité pour ceux qui ont des achats à faire, que de trouver en vn meſme lieu tout ce qu'ils peuvent deſirer. Ainſi donc on peut croire, que non ſeulement tout ce que nous apporterons des Indes ne nous demeurera point, mais que nous en aurons un debit plus prompt que les autres, & que par ce moyen nous ramenerons le grand trafic dans la France comme il y estoit autrefois, avant que le Portugal eust trouvé la navigation des Indes Orientales ; Car alors toutes les marchandises de Perse & des Indes estoient apportées par terre en Egypte, & de là venoient par mer à Marseille, d'où elles se distribuoient par tout. Et par consequent il pourra peut-estre bien arriver que nos voisins, qui se font principalement valoir par le commerce, tenteront toutes sortes de voyes pour traverser le nostre ; & c'est ce qui sert de fondement au troisiéme point de l'objection. Il pourra donc arriver, qu'ils useront de toute leur adresse pour nous dégouster, iusqu'à se couper la bourse eux-mesmes ; Ils donneront peut-estre leurs marchandises à meilleur marché durant un temps ; Ils sacrifieront volontiers un ou deux millions pour ce sujet ; Ils feront gayement cette liberalité qu'ils nous revendroient bien cher en suitte. Mais je laisse à penser si cela pourroit continuer long temps, & si l'envie de nous nuire les feroit resoudre à se ruiner. Aprés tout, ce dommage qu'ils nous voudroient faire souffrir en s'y exposant eux-mesmes, est ce qui nous doit le plus confirmer dans nostre pensée. Ils ne sont pas gens à rien faire en vain ; Ils ne souffriroient point de perte qu'afin de se conserver à eux seuls la ſource de la richeſſe. Ainſi, les ſoins qu'ils prendront pour nous deſtourner de cette Navigation, nous prouvent qu'il y a de grands profits à faire, & cet inconvenient dont on nous menace, au lieu d'exciter en nous quelque mouvement de crainte, doit augmenter noſtre reſolution & fortifier noſtre eſperance. Enfin, pour tout dire, ſi nous ſommes aſſez heureux pour obtenir de la bonté du Roy, qu'il conſente que toute la perte qui pourroit arriver à la Compagnie pendant les huit ou dix premieres années, tombe ſur le fond conſiderable que ſa Maieſté aura bien voulu y mettre, qu'aurons-nous à craindre? Quoy, que des Marchands particuliers qui compoſent ces ſortes de Compagnies chez nos voiſins, faſſent eſchoüer un deſſein que le plus grand Roy du monde voudra ſoutenir? Vn Roy, qui par l'ordre admirable de ſa conduite; par la juſte adminiſtration de ſes finances: par ſa bonté paternelle envers ſes peuples, s'eſt mis en eſtat d'entreprendre ſans crainte tout ce qu'il trouvera de juſte & d'avantageux pour le bien de ſa Couronne? Non, non, il n'y a pas d'apparence; Nos voiſins ſont trop ſages pour tenter une choſe qui tourneroit indubitablement à leur perte & à leur ruine entiere. Diſons donc pluſtoſt, qu'ils nous verront prendre part à leur commerce, ou avec plaiſir comme leurs principaux Alliez, ou du moins ſans nous y pouvoir nuire.

Le ſecond ſujet de la deffiance des particuliers vient de la conſideration de quelques malheureux effets des troubles paſſez. Les deſpenſes extraordinaires & immenſes que le Roy a eſté obligé de ſouſtenir, durant la guerre qu'il avoit en toutes les parties de l'Europe, & qui nous ont acquis enfin, la plus glorieuſe conſtitution d'Eſtat où la France ait eſté jamais; Ces deſpenſes, diſ-je, l'ayant obligé de demander quelquefois un ſecours d'argent à ſes Sujets, ont laiſſé de triſtes idées dans les eſprits, qui leur font ſoubçonner, que ſi il arrivoit quelque nouvelle occaſion où le Roy euſt beſoin d'argent, il pourroit mettre la main ſur les biens de cette Compagnie, comme ſur des deniers publics, & qu'ainſi ce ſeroit trop hazarder ce que l'on a, que de le mettre en un fond dont le Roy ſe pourroit rendre maiſtre abſolu quand il voudroit. Voila ce que diſent les Eſprits foibles; Et certes ce qu'ils diſent eſt indigne de la proſperité de nos affaires, & de la Magnanimité du Roy. Le Roy, diſent-il, pourra ſe ſaiſir du fond de la Compagnie; parce que ce ſont des deniers publics; Et moy je dis, parce que ce ſont des deniers publics, le Roy ne s'en ſaiſira jamais. Le Roy a eu de grandes guerres ſur les bras; Son Eſpargne a eſté eſpuiſée; Ses finances ont eſté adminiſtrées d'une maniere qui a fait quelquefois crier les peuples; Cependant, au milieu de ces deſordres, au milieu de cette neceſſité preſſante, a-t-on veu qu'on ait jamais touché aux deniers publics ? A-t-on veu que sa Majesté ait commandé au Receveur des consignations de vuider ses coffres entre les mains des Thresoriers de l'Espargne ? Iamais. Iamais cette pensée n'est venüe en l'esprit de personne, parce que les deniers du public tiennent lieu d'un dépost sacré, où nul ne pourroit porter la main sans quelque espece d'impieté. Pourquoy donc voudroit-on que le Roy commençast à violer un dépost public, comme seroit le fond de la Compagnie; Pourquoy voudroit-on qu'il fist dans l'abondance où il est, ce qu'il n'a pas tenté lors qu'il estoit dans le besoin ? Mais, on dira encore, toutes les choses du Monde sont sujettes aux revolutions, & la plus grande Felicité peut estre traversée par des Calamitez impreveües. Cela est vray; Personne ne doute des jeux de la Fortune. Mais, à juger des choses par l'Apparence, & mesme par quelque chose de plus solide que l'Apparence; A considerer les embarras que la pluspart de nos voisins ont chez eux; A regarder la foiblesse des autres, & que ceux qui nous ont paru jusques à present les plus redoutables, ne sont pas faschez de se maintenir en bonne intelligence avec nous. A voir d'autre costé la puissance de nostre Monarque, & les fondemens inesbranslables qui la soustiennent; A considerer de quelle maniere il a reglé les affaires de son Estat, dont il prend le soin avec une assiduité infatigable ; A considerer l'ordre qu'il a mis dans ses Finances, qu'il voit luy-mesme & qu'il connoist jusques dans le plus grand destail ; A regarder d'ailleurs toutes les autres graces que le Ciel a versées sur sa Royale Personne, la Netteté de son Esprit, la Solidité de son Iugement, sa Vigueur corporelle, sa Santé, sa Ieunesse ; Il y a lieu de croire, ou rien n'est croyable dans le Monde, que le Bonheur dont nous joüissons sera de longue durée, & que Dieu touché de sa Pieté & de sa Iustice, luy donnera un Regne aussi long qu'heureux, & ne luy refusera pas une grace qu'elle a quelquefois accordée à des Princes Payens, & dont elle a favorisé le regne d'Auguste. Que cette meschante Deffiance donc se retire, qui jette de l'amertume parmy nos douceurs, & qui nous fait songer à des maux dont nous ne sommes point menacez. Qu'on ne dise plus qu'un Prince si genereux & si equitable, aprés avoir laissé fonder une Compagnie sous le sceau de son authorité, puisse avoir jamais la pensée d'envahir le bien des Particuliers qui se seroient mis sous sa protection, & veüille par cette Violence soüiller une reputation si noble & si pure que la sienne. En un mot, qu'on ne s'imagine pas qu'une fortune si florissante, puisse estre jamais reduite à la necessité de se servir d'un remede si odieux, & aprés tout si inutile. Car enfin, pour achever de destruire cette Deffiance, & en arracher jusqu'à la moindre racine, je puis dire, que quand le Roy auroit besoin de l'argent de ses sujets, & qu'il se voudroit emparer du bien de la Compagnie, cela luy seroit impossible; Car il faut sçavoir en quoy consistent les biens de ces Compagnies, & par exemple de celle de Hollande. C'est en un nombre infiny de Marchandises qui sont respandues dans leurs magazins, tant aux Indes qu'en Europe; C'est en Vaisseaux, c'est en Canons & en autres equipages necessaires; L'argent comptant en fait la moindre partie, & ce qu'il y en a d'ordinaire n'est presque pas considerable à comparaison du reste. Maintenant je demande; Seroit-ce un bon expedient pour un Roy de France qui auroit besoin d'argent, que de vouloir mettre la main sur toutes ces Marchandises, dont la pluspart seroient à trois ou quatre milles lieües de luy? S'il luy falloit promptement de l'argent pour lever une Armée & se garentir d'une irruption des Ennemis; S'il luy en falloit pour payer des Troupes mutinées, n'y auroit-il qu'à envoyer cent ou six-vingt charettes dans la Maison de la Compagnie, & les ramener chargées de Canelle ou de Muscade? Payeroit-il ses Soldats avec des sachets de Poivre ou de Clou de Girofle? Il faut un autre fond que cela dans ces occasions. Il faut expressément de l'argent en especes durant la guerre, & non point toutes ces choses qui aident à faire de l'argent durant la Paix. Et partant, puisque la richesse de cette Compagnie ne consistera point principalement en argent, qui est la seule chose dont les Roys peuvent quelquefois avoir affaire, il est manifeste que cette apprehension de l'Authorité Royale, n'est qu'vne Chimere qui s'oppose à nostre aggrandissement.

Le dernier Scrupule vient d'une autre sorte d'Esprits encore plus déraisonnables, mais tel qu'il puisse estre, il ne faut pas le negliger non plus que les autres. Ces gens là donc, prenant les choses au pis, disent, qu'il peut-arriver que la France se retrouvera encore en guerre avec quelqu'un des Estats voisins, & comme cette guerre exposeroit nos Flottes aux entreprises de l'Ennemy, ils doutent, si l'on feroit icy les mesmes efforts pour les deffendre, que l'on fait chez nos voisins en de pareilles rencontres. La raison qu'ils ont d'en douter; C'est, que le Trafic estant le principal & presque l'unique soustien de nos voisins, ils sont obligez d'exposer leurs vies & leurs fortunes pour le maintenir; Au lieu que la France subsistant d'elle-mesme, & trouvant un fond permanent de biens solides dans l'estenduë de ses Provinces, il ne luy en seroit pas beaucoup moins, quand une Compagnie de Negocians auroit perdu une flotte; Et qu'ainsi, le Roy songeroit bien plustost à garentir ses

Frontieres des courſes des Ennemis , & à munir ſes Places fortes , qu'à faire de grandes Armées navales , pour aller au devant de nos Vaiſſeaux , & les preſerver des mauvaiſes rencontres. Certes, Ces gens qui font ces objections , ne ſongent pas qu'en les faiſant ils les deſtruiſent ; Car , ſi de leur propre confeſſion , nos voiſins qui n'occupent pas un pays ſi bon que la France , n'ont pas laiſſé de ſouſtenir leur trafic contre tous ceux qui l'ont attaqué ; comment peuvent-ils douter, ſi le Roy ſouſtiendra puiſſamment le noſtre ? Par quelle raiſon veulent-ils que le plus fort ne faſſe pas ce qu'ils avoüent avoir eſté fait par le plus foible ? Ils diront qu'ils ne doutent pas que le Roy n'en ait la puiſſance , mais qu'ils craindroient qu'on n'en euſt pas tout le ſoin qui ſeroit neceſſaire. Ils ignorent donc, ou veulent ignorer ce que le Roy fait tous les jours. Ie ne parle point de cette vigilance univerſelle , qui s'eſtend ſur toutes les parties de l'Eſtat , je parle en particulier du ſoin qu'il prend de proteger ſes Sujets qui trafiquent dans les pays eſtrangers. Ils ne ſçavent donc pas , que pour leur entretenir la liberté du commerce ordinaire dans les Mers du Levant & du Ponant , il luy en couſte tous les ans plus de quatre Millions. Ils ne ſçavent donc pas , que c'eſt pour ce ſujet qu'il a fait depuis peu la deſpence d'une Armée navale , pour donner la chaſſe aux Corſaires d'Algier. Que c'eſt pour cela meſme qu'il entretient encore une eſcadrepour defendre nos Marchands de l'inſulte des Pirates de Galice. Car, à moins que d'ignorer toutes ces choſes, on ne peut pas eſtre dans l'erreur où ils ſe trouvent. Il n'eſt pas poſſible de ſçavoir que le Roy prenne tant de ſoin d'un trafic fort mediocre, & de s'imaginer qu'il n'employaſt pas ſes forces pour en maintenir un autre bien plus grand & bien plus illuſtre. Il n'y a pas moyen de comprendre, pourquoy il refuſeroit dans le beſoin, d'envoyer ſes Armées navales au devant des Flottes d'une Compagnie où tout l'Eſtat auroit intereſt, puiſqu'il fait bien la meſme choſe aujourd'huy en faveur de quelques Marchands particuliers. Il n'y a point d'apparence qu'en temps de guerre on priſt le ſoin de munir les Frontieres, qu'on donnaſt quelquefois des batailles pour empeſcher la priſe d'une petite Ville, ou pour s'asseurer d'un Pont ſur vne Riviere, & qu'on ne ſongeaſt point à la deffence d'une Flotte, dont le retour ſeroit attendu avec les vœux de toute la France. En un mot, ſi l'Intereſt & l'Honneur ſont tousjours les plus puiſſans motifs des reſolutions humaines, & ſont les deux Poles ſur leſquels remuent toutes les affaires des Particuliers, auſſi bien que celles des Princes; Il n'y a pas lieu de douter, ſi le Roy deployera ſa puiſſance, pour mettre à couvert la Compagnie toutes les fois qu'elle ſeroit en peril. Car, que ſa Majeſté y fuſt engagée par ſon intereſt, cela eſt clair; Non ſeulement, à cauſe qu'elle auroit part au fond de la Compagnie; Mais encore, parce que ce grand trafic, attirant dans le Royaume un nombre infiny de Marchandiſes & de Marchands, le revenu de ſes Fermes & des Doüanes augmenteroit notablement. De ſorte qu'on peut dire avec verité, que les deux meilleures Provinces du Royaume ne luy vaudroient point tant de revenu que ce Commerce, quand il ſeroit une fois eſtabli. Qu'elle y fuſt auſſi engagée par ſon honneur, cela eſt encore ſans difficulté, puiſqu'il eſt de l'honneur d'un Souverain, de ne laiſſer pas opprimer ſes ſujets, dans un deſſein qu'ils auroient formé par ſon conſentement, & ſous ſon aveu. Et ainſi, il y a de la ſtupidité à demander, ſi le Roy ſouſtiendra puiſſamment nos aſſociez, ſoit en Paix ſoit en Guerre, puiſque tant de conſiderations l'y engagent. Il ne faut pas croire, que la Neceſſité qui arrache par fois des efforts extraordinaires des hommes les plus mediocres, puiſſe produire ces belles reſolutions que nous admirons en nos voiſins, & que le veritable amour de la Gloire, & le ſoin de la Iuſtice, n'en produiſe pas de plus belles & de plus grandes dans l'ame des Heros Les premiers ſont entraiſnez dans leur devoir par vne eſpece de violence; Les autres s'y portent par choix & par raisonnement. Ceux-là ne sçavent tout au plus qu'eviter le Mal ; Ceux-cy deviennent ordinairement les autheurs des plus grands Biens. Qu'on ne soit donc plus en peine de nos Flottes, puisque le meilleur Roy de l'Vnivers doit veiller à leur seureté. Cette Puissance miraculeuse qui l'accompagne par tout, & qui force toutes les autres Puissances à fleschir sous la sienne, respandra son influence bienheureuse sur nos nouveaux Navigateurs, & combattra pour eux l'inconstance des Elemens & la malice des hommes. Qu'on ne pense pas aussi que les Conquestes que nous ferons sous son Nom, luy deviennent moins considerables que ses autres possessions, & qu'il endure que des mains ennemies arrachent les Lys des lieux où ils auront pris racine. Il y a un lien invisible qui joint les parties du Monde les plus esloignées, quand elles appartiennent à un mesme Maistre, & qui fait qu'on ne peut esbranler l'une, que l'autre n'en reçoive la secousse. C'est donc sur sa Puissance, & sur son Courage, que nous devons nous reposer confidemment du succés de cette Entreprise ; Et comme elle commence en un temps, où ce Monarque incomparable est l'Arbitre de toute l'Europe ; Que tous les Princes recherchent ardamment son Amitié, evitent soigneusement sa Cholere ; Il ne faut pas douter que l'ombre de ses Lauriers ne porte bonheur

bonheur à nos Colonies. Vnissez-vous donc, Genereux François, unissez-vous, pour vous ouvrir une route glorieuse, & qui ne vous a esté fermée jusqu'à present que par les malheurs passez de l'Estat; Vne route qui vous conduira à des biens innombrables, & qui se multiplieront encore entre les mains de vos enfans; Vne route enfin, par laquelle vous porterez la terreur de vos Armes dans les parties du Monde qui nous sont encore inconnuës. Bannissez desormais de vos Esprits ces Soubçons injustes, & qui sont si éloignez de la courageuse Confiance que vous avez ordinairement en vous-mesmes. Navigez hardiment sous le Pavillon de l'Auguste & de l'Invincible LOVIS; Et soyez asseurez, que comme vous n'avez rien à redouter de la part des autres Nations, à qui la Majesté de son Nom imprime le Respect & la Crainte, vous avez tout à esperer de sa Protection, de sa Bonté, de sa Munificence.

[illegible]

[illegible] soyez assuré, que comme vous n'avez rien à re-
douter de la part des autres Nations, à qui la [illegible] [illegible] Protection, de [illegible] de sa Munificence.

ARTICLES
ET CONDITIONS

ſur leſquelles les Marchands Negotians du Royaume ſupplient tres-humblement le Roy de leur accorder ſa Declaration, & les graces y contenuës pour l'établiſſement d'vne Compagnie pour le commerce des Indes Orientales.

A PARIS,

M. DC. LXIV.

2

ARTICLES ET CONDITIONS sur lesquelles les Marchands Negotiants du Royaume supplient tres-humblement le Roy de leur accorder sa Declaration & les graces y contenuës, pour l'établissement d'vne Compagnie pour le commerce des Indes Orientales.

PREMIEREMENT.

QVE la Compagnie sera formée de tous les Sujets de sa Majesté de quelque qualité & condition qu'ils soient qui y voudront entrer pour telles sommes qu'ils estimeront à propos, sans que pource ils dérogent à leur noblesse & priuilege, dequoy sa Majesté aura la bonté de les dispenser: Et ne pourra chacune part estre moindre de mille liures, ny les augmentations au dessous de cinq cens liures pour la facilité des calculs, repartitions & ventes d'actions, desquelles parts le tiers se fournira comptant pour le premier Armement, ou Carquaison, & les deux autres tiers d'année en année par moitié, sous peine à ceux qui ne les fourniront pas dans ledit temps de perdre ce qu'ils auront avancé, qui demeurera au profit & dans la masse du fonds de ladite Compagnie. *Accordé.*

II.

Accordé en mettant vingt mille liures au lieu de dix

QVE tous Estrangers & Sujets de quelque Prince & Estat que ce soit pourront entrer en ladite Compagnie, & ceux qui y auront mis dix mille liures seront reputez Regnicolles, sans qu'il soit besoin de Lettres de Naturalité : Et à ce moyen leurs parens quoy qu'Estrangers leur succederont en tous les biens qu'ils auront en ce Royaume.

III.

Accordé.

QVE les parts & portions qui appartiendtont aux particuliers Interessez en ladite Compagnie de quelque nation qu'ils soient, ne pourront estre saisies par le Roy, ny confisquées à son profit, encore qu'ils soient Sujets de Princes & Estats auec lesquels sa Majesté pourroit entrer en guerre.

IV.

Accordé.

QVE les Directeurs de ladite Compagnie ne pourront estre inquietez ny contraints en leurs personnes ny en leurs biens pour raison des affaires de ladite Compagnie, ny les Effets de ladite Compagnie susceptibles d'aucuns hypoteques du Roy, ny saisis pour ce qui pourroit estre deu à sa Maiesté par les particuliers interessez en icelle.

V.

Accordé.

QVE les Officiers qui auront vne part de vingtmille livres dans ladite Compagnie seront dispensez de faire la residence à laquelle sa Majesté les a obligez par sa Declaration du mois de Decembre dernier aux Bureaux des Finances & autres lieux de leurs establissements, & ne laisseront de iouïr de leurs Droits, Gages & Espices comme s'ils estoient presents.

VI.

QVE tous ceux qui mettront iusques à la somme de six mille liures à ladite Compagnie acquereront le droit de Bourgeoisie dans les Villes de leurs demeures, à la reserve des Villes de Paris, Bordeaux & Bayonne qu'ils ne pourront l'acquerir, sinon qu'ils soient interessez du moins de dix mille livres en ladite Compagnie.

Accordé en mettant huit mille liures au premier cas, & vingt mille liures au second.

VII.

QVE tous ceux qui voudront entrer en ladite Compagnie seront obligez de le declarer dans six mois, à compter du iour que la Declaration aura esté leuë & registrée au Parlement de Paris: Enfin duquel temps nul ne sera plus admis ny receu en ladite Compagnie; Et ceux qui auront fourny leurs parts & se seront declarez, pourront trois mois apres l'enregistrement de ladite Declaration establir & nommer la moitié des Directeurs de Paris, pour composer la Chambre generalle de ladite Compagnie, & les autres seront nommez dans ledit temps de six mois.

Accordé à condition que tous ceux qui voudront entrer dans ladite Compagnie & s'en declareront & signeront à la premiere assemblée, en mesme temps éliront douze Syndics qui prendront soin de tout ce qui sera à faire pour l'établissement de ladite Compagnie, iusques au temps de la nomination des Directeurs.

VIII.

Accordé. QV'IL sera estably vne Chambre ou Direction generalle des affaires de ladite Compagnie en la Ville de Paris seulement, qui sera composée de vingt vn Directeurs, douze de la Ville de Paris, & neuf des Villes des Prouinces qui seront nommez & choisis, Sçauoir les douze par les Interessez de la Ville de Paris, & les neuf par les Interessez desdites Prouinces chacune dans leur departement, pour ce que chacune Ville ou Prouince en devra nommer, ce qui sera reglé par la Chambre de la Direction generalle, apres qu'elle sera establie à proportion du fonds que chacune Ville aura mis à ladite Compagnie, où ainsi qu'elle trouvera à propos; Et à l'advenir les élections se feront tousiours en cette forme.

IX.

Accordé. EN attendant que ladite Compagnie soit establie ainsi qu'il est dit cy dessus pour la premiere fois, lesdits neuf Directeurs des Prouinces, seront choisis & nommés par les Interessez de chacune desdites Villes & Prouinces prouisoirement, & sans tirer à consequence pour l'advenir, vn de chacune des Villes de Roüen, Nantes, S. Malo, la Rochelle, Bordeaux, Marseille, Tours, Lion & Dunkerque ou d'autres Villes du Royaume qui auront l'interest le plus notable en ladite

Compagnie; Et en cas qu'il y ayt aucune desdites Villes en laquelle il ne se trouue point d'Interessé, il en sera nommé deux en chacune des autres Villes telles quelles seront choisies par les six Directeurs nommez pour Paris, & pourront les Interessez de chacune desdites Villes nommer leur Caissier pour receuoir les deniers, & les remettre au Caissier de la Ville de Paris, qui sera nommé pour la premiere fois par lesdits six Directeurs de Paris qui seruira iusques à ce que la Chambre generalle soit establie.

X.

NE pourront les Directeurs estre autres que Marchands negotiants & sans Offices, à l'exception des Secretaires du Roy qui auront esté dans le Commerce, à laquelle Direction pourront entrer & estre admis du nombre des Directeurs, deux Bourgeois quoy qu'ils n'ayent point esté dans le Commerce, pourueu qu'ils n'ayent aucuns Offices, & sans que le nombre en puisse estre plus grand dans ladite Chambre pour quelque cause que ce soit, laquelle Compagnie sera toûjours composée du moins des trois quarts de Marchands negotiants actuellement & sans charges, sans qu'aucune personne puisse avoir voix deliberative pour l'élection des Directeurs, s'il n'a du moins dix mille liures, n'y éleu pour estre Directeur pour Paris, qu'il n'ayt au *Accordé.*

moins vingt mille liures, & pour les Prouinces dix mille liures, le tout d'interest en ladite Compagnie.

XI.

Accordé. QVE la Chambre de Direction generalle pourra establir des Chambres de Direction particulieres en tel nombre & en telle Ville qu'elle iugera à propos pour l'avantage & vtilité de ladite Compagnie, & pourra aussi regler le nombre des Directeurs desdites Chambres particulieres.

XII.

Accordé. QVE tous les comptes des Chambres de Direction particulieres des Provinces seront envoyez de six en six mois à la Chambre de la Direction Generalle à Paris, ou les Liures de raison seront examinez veus & arrestez, & ensuite les partages des profits faits par ladite Chambre de Direction generalle ou ainsi qu'elle trouuera à propos.

XIII.

Accordé. QVE lesdites Chambres de Directions generalle & particulieres nommeront les Officiers qui seront necessaires pour tenir les Caisses, les Liures de raison, les Comptes, faire les achats & ventes, faire les armements & équipage, payer

payer les gages & autres deſpences ordinaires chacun dans ſon departement.

XIV.

Qve les premiers Directeurs ſerviront ſept années conſecutives, lequel temps expiré, il en ſera changé deux tous les ans à Paris, & vn aux autres Chambres, & ſe feront au ſort les premier, ſecond, trois, quatre, & cinquieſme changements de ceux qui ſortiront, & en cas de mort dans les ſept premieres années, il en ſera éleu par les autres Directeurs en leur place; & pourra vn Directeur depoſé eſtre nommé de nouueau Directeur apres ſix ans de repos, & ne pourront eſtre Directeurs enſemble le pere & les enfans & gendres, ny les freres & beau-freres, auſquels Directeurs ſa Majeſté ſera ſuppliée d'accorder quelques titres d'honneur & privileges qui paſſent iuſques à leurs poſteritez. *Accordé.*

XV.

Qve les Directeurs deſdites Chambres generalle & particulieres preſideront tour à tour, de mois en mois, à commencer par le plus ancien en chacune d'icelles. *Accordé.*

XVI.

Qve ladite Chambre de la Direction generalle pourra faire ſtatuts & reglements pour *Accordé.*

le bien & aduantage de ladite Compagnie, lesquels en cas de besoin seront presentez à sa Majesté qui sera tres-humblement suppliée de les confirmer.

XVII.

Accordé.

QVE ladite Chambre fera vn compte general des effets de ladite Compagnie tous les six ans, & ne sera permis à aucun Interessé de se retirer sinon en vendant son action à vn Interessé de ladite compagnie ou autre qui y conservera tousiours le mesme droit en sorte que le fonds ne soit point diminué.

XVIII.

QVE sa Majesté accordera à ladite Compagnie le pouuoir & faculté de pouuoir naviger & negotier seulle, à l'exclusion de tous ses autres Sujets depuis le Cap de Bonne-Esperance iusques dans toutes les Indes & Mer Orientales, mesme depuis le destroit de Magellan & le Maire dans toutes les Mers du Zud pour le temps de cinquante années consecutives à commencer du iour que les premiers Vaisseaux sortiront du Royaume, pendant lequel temps il plaira à sa Majesté faire tres-expresses deffences à toutes personnes de faire ladite navigation & commerce, à peine contre les contrevenants de confiscation des vaisseaux, armes, munitions &

Accordé, les cinquante années.

marchandises applicables au proffit de ladite Compagnie, à laquelle sa Majesté permettra d'envoyer l'or & l'argent dont elle aura besoin, tant dans l'Isle de Madagascar qu'aux Indes Orientales & autres lieux dudit Commerce, nonobstant les deffences portées par les Ordonnances ausquelles sa Majesté aura la bonté de déroger pour ce regard.

La sortie de l'or & de l'argent n'ayant iamais esté permise en aucun Estat, & estant reconnuë necessaire, sera accordée par une permission particuliere qui demeurera entre les mains des Directeurs de ladite Compagnie.

XIX.

QVE sa Majesté sera aussi suppliée d'accorder à ladite Compagnie la proprieté & Seigneurie de toutes les Terres, Places & Isles qu'elle poura conquerir sur les Ennemis de sa Majesté, ou qu'elle pourra occuper, soit qu'elles soient abandonnées, desertes, ou occupées par les Barbares, mesme de renoncer au profit de ladite Compagnie à tous droits de Seigneuries, sur les mines minieres d'or, d'argent, cuiure, & plomb, & tous autres mineraux, mesme du droit d'esclavage & autres droits vtiles qui pouroient appartenir à sa Majesté a cause de sa souverainneté esdits Païs.

Accordé.

XX.

QVE sa Majesté comprendra dans ladite concession la proprieté de l'Isle de Madagascar ou S. Laurent auec les Isles circonvoisines, forts, habitations & colonies appartenant à ses Sujets

Accordé.

dont sa Maiesté sera tres-humblement suppliée de permettre à la Compagnie de traiter à l'amiable auec ceux qui peuuent auoir obtenu le don de sa Majesté desdites choses, sinon regler ladite indemnité apres auoir fait examiner les interests des parties par les Commissaires qui seront à cét effect deputez, en sorte que la Compagnie en puisse paisiblement iouïr.

XXI.

Accordé.

QVE la proprieté desdites Isles & choses appartenant à ladite Compagnie luy demeurera apres que le temps de l'octroy sera finy, pour en disposer ainsi que bon luy semblera comme de son propre heritage & choses luy appartenant.

XXII.

Accordé, mesme tous droits de Iustice & d'Admirauté sur le fait de la Marine dans toute l'estenduë desdits pays.

QVE sa Majesté aura la bonté de donner & accorder à ladite Compagnie, en outre la Iustice haute moyenne & basse qui est attachée à la Seigneurie & proprieté cy-deuant accordée, pour ladite Isle de Madagascar & autres circonuoisines le pouuoir & faculté d'establir des Iuges pour l'exercice de la Iustice souueraine dans toute l'estenduë desdits païs, & autres qu'ils soûmetront à l'obeissance de sa Majesté & mesme sur tous les François qui s'y habiteront, à la charge toutesfois que ladite Compagnie nommera à sa Majesté les personnes qu'elle aura choisies pour l'exercice de ladite Iustice Souueraine, qui presteront le serment de fidelité à sa Majesté, rendront la Iustice & seront les Arrests intitulez en son nom, à cet effect que sa Majesté leur fera s'il luy plaist expedier des Prouisions ou Commissions scellées de son grand sceau.

XXIII.

QVE pour l'execution des Arrests, & pour tous Actes ou le sceau de sa Majesté sera necessaire, il en sera estabil vn qui sera remis entre les mains de celuy qui presidera à ladite Iustice souueraine. *Accordé.*

XXIV.

QVE les Officiers establis pour ladite Iustice souueraine pourront establir tels nombres d'Officiers subalternes, & en tels lieux qu'ils iugeront à propos ausquels ils feront expedier des Prouisions ou Commissions sous le nom & sceau de sa Majesté. *Accordé.*

XXV.

QVE pour le commandement des armes, ladite Compagnie nommera à sa Majesté vn Gouuerneur general du païs & autres qui seront conquis, lequel sadite Majesté sera tres humblement suppliée de pouruoir & receuoir son serment de fidelité, & en cas que sa conduite ne *Accordé.*

ſoit pas agreable à ladite Compagnie, qu'elle en poura nommer vn autre qui ſera de meſme pourueu par ſa Majeſté.

XXVI.

Accordé

QVE ſadite Majeſté aura la bonté d'accorder à ladite Compagnie, le pouuoir & faculté d'eſtablir des garniſons dans toutes les places cy-deſſus, ou qui ſeront conquiſes ou baſties de tel nombre de Compagnies & d'hommes qu'elle eſtimera neceſſaires y mettre, armes, canons & munitions, faire fondre canons & autres armes en tous les lieux & en tel nombre qu'elle aura beſoin, ſur leſquels ſeront empreintes les Armes de ſa Majeſté, & au deſſous celles de ladite Compagnie, & fera tout ce qu'elle croira neceſſaire pour la ſeureté deſdites places, leſquelles ſeront commandées par des Capitaines & Officiers de toute qualité qu'elle pourra inſtituer & deſtituer ainſi qu'elle verra bon eſtre, à la charge toutesfois qu'ils preſteront ſerment de fidelité au Roy, & en ſuitte ſerment particulier à ladite Compagnie pour raiſon de ſon Trafic & Commerce.

XXVII.

Accordé.

QVE ſa Maieſté aura la bonté d'accorder à ladite Compagnie le pouuoir d'enuoyer des Ambaſſadeurs au nom de ſadite Maieſté vers les Roys des Indes, & faire Traitez avec eux, soit de Paix ou de Treve, mesme de declarer la guerre, & faire tous autres Actes qu'elle iugera à propos pour l'avantage dudit Commerce.

XXVIII.

Accordé.

QVE les Directeurs des Chambres generalle & particulieres feront escrire sur leurs Livres tous les gages & salaires qu'ils donneront à leurs Officiers, Seruiteurs, Commis, Ouuriers, Soldats & autres, lesquels Liures seront creus en Iustice & seruiront de decision sur les demandes ou pretentions que l'on pouroit auoir contre ladite Compagnie.

XXIX.

Accordé.

QVE tous les differents qui surviendront pour quelque cause que ce soit concernant ladite Cõpagnie, entre deux ou plusieurs Directeurs ou Interessez & vn particulier pour les affaires de ladite Compagnie, circonstances & dependances seront iugez & terminez par la Iustice Consulaire, à l'exclusion de toutes autres, dont les Sentences & Iugements s'executeront souverainemẽt & sans appel, iusques à quinze cens livres: Et pour les affaires au dessus les Iugements & Sentences seront executez nonobstant oppositions ou appellations quelconques, & sans preiudice, dont l'appel ressortira devant les Iuges ordinaires qui en doivent connoiſtre, auquel effect ſa Maieſté ſera ſuppliée d'eſtablir ladite Iuſtice Conſulaire dans la ville ou elle n'eſt point, & qu'elle iugera neceſſaire.

XXX.

Accordé. QVE toutes les matieres criminelles dans leſquelles aucun de ladite Compagnie ſera partie, ſoit en demandant ou deffendant, ſeront iugées par les Iuges ordinaires, à la charge toutesfois que pour quelque cauſe & ſous quelque pretexte que ce ſoit, le Criminel ne pourra iamais attirer le Ciuil, lequel ſera touſiours iugé, ainſi qu'il eſt cy-deuant dit.

XXXI.

Accordé. QVE ſa Maieſté aura la bonté de promettre à ladite Compagnie de la proteger & deffendre envers & contre tous, & d'employer la force de ſes armes en toutes occaſions pour la maintenir dans la liberté entiere de ſon Commerce & Navigation, & pour luy faire faire raiſon de toutes iniures & mauuais traitemens: Et en cas qu'aucune Nation vouluſt entreprendre contre ladite Compagnie, de faire eſcorter ces envois & retours à ſes frais & deſpens par tel nombre de vaiſſeaux de guerre que la Compagnie aura beſoin, non ſeulement par toutes les coſtes de l'Europe & de l'Affrique, meſme iuſques dans les Indes.

XXXII.

XXXII.

Qve ſa Maieſté aura la bonté d'avancer preſentement de ſes deniers le cinquieſme de toute la deſpence qu'il conviendra faire pour les trois premiers armemens, & carquaiſons, en ſorte que ſi-toſt que le prepoſé ſera nommé par la Compagnie pour recevoir les deniers, Sa Majeſté luy fera deſlivrer trois cens mille liures,& en meſme-temps qu'il aura receu des Intereſſez quatre cens mille livres, ſa Majeſté luy fera deſlivrer autres trois cens mille livres & ainſi conſecutivement, qui eſt trois cinquieſme, la premiere année qui ne reviendront qu'a vn cinquiéme du total, ſa Majeſté ne fourniſſant rien aux deux années ſuivantes par le moyen de laquelle avance ſa Majeſté donnera lieu à l'eſtabliſſement de ladite Compagnie ſi avantageuſe à l'Eſtat.

Accordé.

XXXIII.

Qve ſa Majeſté aura la bonté de preſter ladite ſomme à ladite Compagnie ſans aucun intereſt ny meſme ſans y vouloir prendre part, mais ſeulement qu'elle ſe contentera que ladite Compagnie s'oblige luy rendre ladite ſomme ſans intereſt à la fin des dix années, à compter du jour que le premier fonds Capital de ladite Compagnie aura eſté achevé, & en cas qu'à la fin deſdites dix années, il ſe trouuaſt par le compte general qui ſera fait alors que ladite Compa-

Accordé à la charge que tous les effets de ladite Compagnie ſeront evaluez de bonne foy par la Chambre de la Direction generalle.

gnie eust perdu de son Capital, que toute la perte tombera sur la somme que sa Majesté aura fait avancer, & sera sadite Majesté tres-humblement suppliée qu'en comptant les effets de la Compagnie pour reconnoistre le profit où la perte, les immeubles, fortifications, canons & munitions des places ny soient point comprises, & de vouloir se contenter du compte qui sera arresté par la Compagnie, & la dispenser de compter à la Chambre des Comptes ny ailleurs.

XXXIV.

Accordé l'entrepost exempt de tous droits, l'evaluation des Marchandises inconnues par la Chambre generalle, & les droits reglez à trois pour cent. Et à l'esgard de la descharge de la moitié des droits d'entrée ne peut estre accordée en cette maniere par les raisons qui ont esté deduites, & au lieu sera accordé vne somme pour le retour de chacun Vaisseau venant des Indes

QVE les Marchandises qui viendront des Indes & seront consommées en France payeront seulement la moitié des droits dont elles seront chargées par les Tarifs de sa Majesté, pour les droits des cinq grosses Fermes laquelle moitié sera reglée à tant pour cent, & pour celles qu'on voudra envoyer dans les pays Estrangers, où exempts de Foraine, soit par Mer où par terre, elles ne payeront aucuns droits d'entrée ny de sortie, & seront mises en depost dans les magazins des Doüanes & Havres des lieux où elles arriveront ou il y en à & ou il n'y en à point, elles seront plombées & mises en depost jusques à ce qu'elles soient enlevées, ausquels lieux on donnera Declaration d'icelles aux Interessez où Commis desdites cinq grosses Fermes, signé de l'vn des Directeurs de ladite Compagnie, & lors que l'on voudra les envoyer ailleurs l'on s'obligera de rapporter dans vn certain temps vn acquit à caution comme elles y seront arrivées, & pour les Marchandises inconnuës, & non portées par le Tarif elles payeront trois pour cent suivant l'evaluation qui en sera faite par la Chambre generalle de ladite Compagnie. *suivant le reglement qui en sera fait.*

XXXV.

QVE les bois & autres choses necessaires pour le bastiment des Vaisseaux de ladite Compagnie seront exempts de tous droits d'entrée, les Vaisseaux & Marchandises exempts des droits d'admirauté & bris, & les munitions de guerre, vivres & autres choses necessaires pour l'avitaillement & embarquement necessaire pour ladite Compagnie, exempt de tous droits d'entrée & de sortie pendant le temps du present Privilege. *Accordé.*

XXXVI.

QVE sa Majesté fera fournir à ladite Compagnie pour ses armements & esquipages la quantité de cent muids de sel où tel autre nombre dont ladite Compagnie pourra avoir besoin en la ville du Havre de Grace par les mains du Commis du Grenier de ladite Ville, en payant seulement le prix du Marchand, à condition toutefois de s'en servir de bonne foy & sans en abuser. *Accordé.*

XXXVII.

Accordé.

QVE sa Majesté permettra à ladite Compagnie d'establir des Ecclesiastiques esdites Isles de Madagascar, & autres lieux où il feront habitation, en tel nombre & de telle qualité que ladite Compagnie le trouvera à propos.

XXXVIII.

Accordé.

QVE sa Majesté sera tres-humblement suppliée de n'accorder aucunes Lettres d'Estat, Respit, Evocation ny surceance à ceux qui auront acheté des Effets de ladite Compagnie où vendu des choses servant à icelle, en sorte qu'elle demeure tousiours en estat de faire payer les Debiteurs par les voyes, & ainsi qu'ils y seront obligez.

XXXIX.

Accordé.

QVE sa Majesté sera tres-humblement suppliée de trouver bon que les Sieurs Pocquelin Pere, Maillet Pere, le Brun, de Faverolles, Cadeau, Samson, Simonet, Iabac, & Scot Marchands luy presentent ces Articles, & reçoivent sur iceux ses volontez, cét establissement estant tres-avantageux pour le Royaume, & à tous les Sujets de sa Majesté, qui redoubleront leurs vœux & prieres pour la longue santé de sa Majesté.

XL.

Qve sa Majesté sera tres-humblement suppliée par les Deputez cy-dessus nommez, de trouver bon en cas qu'il se trouve quelque chose obmise aux presents Articles que l'on en donne les memoires à ceux qu'il luy plaira commettre pour en faire le rapport à sa Majesté, & estre employez en sa Declaration, qui sera expediée en consequence du present placet. *Accordé.*

Fait & arresté à l'assemblée tenuë sous le bon plaisir du Roy, au logis de Monsieur Faverolles Marchand à Paris le Lundy vingt-sixiesme jour de May 1664.

Examiné, & arresté en mon Conseil le dernier jour de May 1664. signé, LOVIS. Et plus bas, DE LYONNE.

Collationné par Nous Conseiller & Secretaire ordinaire des Conseils d'Estat, Direction, & Finances du Roy sur l'Original estant en nos mains apostillé & signé de la propre main de sa Majesté.

www.ingramcontent.com/pod-product-compliance
Lightning Source LLC
Chambersburg PA
CBHW060436260626
47161CB00005B/1956
9782011334886